文庫書下ろし

ぶたぶた図書館

矢崎存《あり》美《み》

光 文 社

この作品は光文社文庫のために書下ろされました。

目次

プロローグ

「あなたのぬいぐるみは、真夜中の図書館で何をしているの？

気になりませんか？

参加してみよう。

ぬいぐるみおとまり会」


市立図書館のロビーに貼られたポスター。

桜色のぶたのぬいぐるみが、閲覧室のテーブルの上で、ぶ厚い本を熱心に読んでいる。突き出た鼻、黒ビーズの点目、右側がそっくり返った大きな耳。しっぽは結ばれ、手足の先と耳の内側には濃いピンク色の布が貼られている。

その大きな写真の周りには、そのぬいぐるみの写真がたくさんちりばめられていた。

自分より大きな本の整理をしていたり、机に向かって勉強やパソコンをしていたり、カウンターでエプロンをつけて貸出作業をしていたり、ロビーのソファーでうたた寝をしていたり――。

ぬいぐるみが写真の中で持っている本は、絵本や単行本や文庫本、写真集に辞書、洋書やマンガなど多岐にわたる。無表情なはずなのに、いろいろな顔でそれらを読むぬいぐるみに人々は目を止め、笑顔を浮かべる。

毎日そのポスターの前を何人もの人が通り過ぎる。気づかない人もいるけれど、それでも彼は読書を続ける。

自分の家にいる彼と同じようなぬいぐるみに本を読ませたいと思う人が見てくれさえすればいいのだから。

ただし、彼と同じぬいぐるみなんて、どこにもいない。

それを知っている人は、思いのほか少ない。

理想のモデル

1

雪音《ゆきね》にとって、図書館は小さい頃からのあこがれの場所だった。

物心ついた時にはもう、いつも本が読みたくてたまらなかった。テレビで見た「図書館」というところに行ってみたくて仕方なかった。

住んでいるのは県でも大きな市の一つなので、ちゃんとした市立図書館はいくつかあったが、その頃は家から図書館は遠かったし、母があまり本好きでなかったのでめったに行けなかった。建物の前を車で通るたびに、

「図書館だ！　行きたい！」

と母にねだったが、

「うん、今度ね」

と言われると、その時は上機嫌で納得してしまう。「今度」がいつまでも来なくても、

雪音は行けると信じていたらしい（父から聞いた）。

親戚や母の友人の家などに行って本を見つけると、妹弟やいとこたちが遊んでいても、一人でむさぼるように読みふけっていたらしい（母から聞いた）。

自分ではまったく憶《おぼ》えていないが。

「欲しいものある？」

と訊《き》かれると、おもちゃではなく、何でもいいから本をねだった記憶はある。めったに買ってもらえなかったような気がする。多分母は、自分では絵本が選べなかったのと、本屋に行くと動かなくなる娘に選ばせるのがめんどくさかったのではないか。

でも幼稚園前にはもうひらがなとカタカナは読めたから、とりあえず家にある百科事典をよくながめていた。内容は全然理解できなくても、活字が読めればよかったのだ。祖父母からもらったらしい時代物の百科事典は、色使いがきれいで写真もたくさんあったので、楽しかった。

そんな我が子を「頭がいい！」と誤解したのか、幼稚園に入ってから両親は娘を英語塾に通わせたが、それは無駄に終わった。雪音の興味の本体は、言語ではなく「物語」だったからだ。

せめて実用的な英会話教室に通わせてくれていたら、と思うが、両親が選んだのはお受験用の塾だった。それでも真面目に通っていたらしいが、一向に身につかず、才能が突出する気配も、講師から特別扱いされることもなかったので、早々にやめさせてしまったらしい。

それをまた雪音が全然気にしなかったので、さらにがっかりしたらしいが、これもまた憶えていないのだ。

ピアノやバレエを習いたい、と言ったような気もするが、おそらくそれは自分の方が先に投げていただろう。あれでも両親は自分の娘のことをちゃんとわかっている。

小学校に入って、「図書室」なるものがあると雪音は知る。

こんなにたくさん本があるのを目の当たりにした時の自分の気持ちをはっきり憶えている。

「夢のような場所だ！」

今から考えると、お世辞にも蔵書が充実しているとは言いがたかったが、もちろん入り浸った。

小学校卒業までに全部の本を読んで、表彰されたくらいだ。読書クラブに入って競うように読んでいた。

たまにいじめられた――というか、無視されたりしたが、休み時間を一人で過ごすことは苦ではなかった。反応が薄いといじめっ子は面白くないらしく、いつの間にかフェードアウトしていたらしい。これは、卒業したあとに元担任の先生に聞いた。

「気がついてなかったの!?」

驚いたような先生に「はい」と答えると、

「天然って最強よね」

と言われた。

そして、この春、雪音は市立中学校に入学した。

図書室はだいぶ大きくなったが、やはり蔵書はそれほど多くない。ちょっとがっかりしたが、それでも当然のように図書委員になった。もちろん、立候補だ。

司書も兼ねた担当の教師は気のいいおじいちゃん先生で、おすすめの本をたくさん教えてくれた。他の学校からも取り寄せしてくれたり。

「本が好きな子が少ないから、淋しいよ」

と言う。

図書委員は押しつけられている子以外、基本的に本好きな子が多い。図書室当番の時に好きな小説の話をするのが楽しい。

だが、他の子たちはあんまり本を読まない。教室では本以外の話をする。いろいろな話題に合わせられるというのは、読書好きでよかったと思うことの一つだ。物語が好きだから、マンガやアニメも見る。そういうのが好きな子たちとも話せる。

反面、本ばかり読んでいると「真面目だ」とか「頭がいい」と言われるのが困る、と図書委員の先輩が言っていたが、それは雪音も同意したい。自分の頭は、基本的に本を読むことが第一で、それにほとんどすべて使ってしまっている。自分の好きなことを話していると、細かい気遣いとか全部飛んでしまうくらい、使える部分が少ない。

幸いクラスでも委員会や部活でも、ちゃんと友だちができた。雪音と同じようにちょっと浮いている子だったり、オタクだったり。目立つ子たちからすると割と影の薄い存在なのだろうが、そんなことすら気にする余裕は雪音にはない。

勉強だってちゃんとやらなくてはならない。英語塾のことがあってから、両親は過度な期待をしないかわりに最低限のこと（成績とかお手伝いとか）を守っていれば自由に本を読ませてくれるが、成績が落ちたらきっと読書に制限をかけられる。それだけは絶対にいやだった。

本を読んでいれば「勉強している」と思ってもらえるのは小学生までだと、さすがの雪音もわかっている。いくら他の家族がみんな本を読まなくても。

それにしても、自分がなぜこんなに本が好きなのか、わからない。よく「誰に似たのか」と言われる。

本好きな友人にきっかけをたずねると、たいてい家族に本好きがいて、

「家にたくさん本があったから、自然に読み始めた」

と言うのだ。でも、雪音の家には本棚はたった一つしかなかった。今は自分の部屋にいくつかあるけれども、それ以外は相変わらず一つだけだ。

外国の歴史小説に出てくる貴族の屋敷の図書室にあこがれている。陰鬱《いんうつ》な雨の午後、暖炉で温まった図書室、あるいは書斎で、大きな椅子にすっぽりはまって好きな本を思

い切り読みふけりたい。

それが無理でも、せめて壁一面本棚の家に住みたい。あるいは、大きな椅子だけでも――。

傍《かたわ》らに熱いココアと薄いビスケットがあれば最高だ。

「お姉ちゃん、またニヤニヤしてる」

突然、鋭いツッコミが入る。いつの間にかパジャマを来た妹の春乃《はるの》が部屋の入口に立っていた。

「もー、中学生なんだから、そんなふうにニヤニヤしてたらヤバいよ」

具体的にどうヤバいかは言ってくれないが、女子力の高い小学五年生である春乃はことあるごとに注意してくれる。

「ほらー、また髪の毛乾かしたあととかしてない」

「あ、そうだった」

そばにあったブラシでガシガシとかし始めると、素早く取り上げられる。

「洗ったあとは目の粗いクシで優しくとかすんだよ」

そう言って、自分のクシを渡してくれる。

「どこでそんな知識、仕入れてくるの？」

そおっととかしながら、雪音はたずねる。

「友だちが教えてくれたの。その子、読《どく》モ目指してるんだってー」

読モ——読者モデルか。小学生なのにしっかりしてるなあ。

「お姉ちゃんも中学生だからって油断してると大変だよって、その子が言ってた」

「春ちゃんはどう思う？」

「うーん……」

彼女は少し考えたのち、

「そのとおりだと思うけど、たまに少し早いかもって思う」

「春ちゃんも読モになりたい？」

「そんなこと考えてないけど、かわいいとは言われたいよ」

春乃は複雑な表情で本棚のマンガを「貸してね」と言って持っていった。

どうしてあの子はあんなに女子力が高いのか……誰に似たんだろう。母と自分の女子力は似たようなものなのに。

むしろ弟の冬樹《ふゆき》の方が女子っぽいかもしれない。優しいから。

今度母に訊いてみよう——と思いながらベッドに入り込んで本を読み始めると、雪音はすっかり忘れて、そのまま寝てしまった。

2

次の日、読み終わった本を返すため、雪音は図書館へ行った。

今まで行っていた家の近くのではなく、中学校のそばにできたばかりの市立中央図書館だ。ずっと工事をしていたのだが、やっと先週完成した。

蔵書は県内で一番、しかも外国のニュースサイトに、「美しい図書館」として写真が載ったくらい立派なところだった。

市内の古い建造物を再生利用しながら、最先端の検索システムやネット環境などを整えたとのこと。主に一般開架室や併設のカフェに古い木材が多く使われ、和風でクラシックな雰囲気に仕上げてある。全体的に天井が高く、大きな吹き抜けも魅力だ。

開館した時も行ったが、人がたくさんいたのであまり見ずに帰ってきてしまった。図書館にこんなに人がいたら、ゆっくり本が選べないし読めない。

今は少し落ち着いてきたらしいので、訪れてみたのだが、それにはもう一つ理由があった。

今日、学校でこんなプリントが配られたのだ。

『新しい図書館でやってほしい企画を募集します！』

応募できるのは、市の小学校と中学校に通っている生徒だ。企画が選ばれた生徒は、職員と同じように、あの新しい図書館の中を自由に見学し、お手伝いもできるらしい。表にある書架だけでなく、奥の広大《こうだい》な閉架書庫にも入れる！

何だかもう、それだけでもわくわくしてくる。目にした本を全部読めるわけじゃないけど、「読んでいいんだ！」と思うだけでも、うれしい。「何年くらいかかるだろう」とか胸算《むなざん》用してみたい。

雪音ははりきっていたので、自分と周りの空気のあまりの違いにしばらく気づかなかった。

「……はりきってるね」

隣の席の男子に声をかけられた。

「え、何？」

「図書館の企画、考えてんの？　もしかして」

「うん」

「何で？」

彼のきょとんとした顔に、自分の方が何か間違ったこと言ったか、という気分になる。自習になったタイミングでプリントが配られたので、てっきりみんな考えるものと思ったのだが。

「考えないの？」

「だって学校の図書室のじゃないじゃん」

「そうだけど……」

「ねー、これって応募すると何かもらえるの？」

反対側の隣の女子が話に入ってきた。

「何もないみたいだよ。一等の人は図書館で働けるんだって」

別の子がプリントを見ながら言う。

「えー、何で一番なのに働かなきゃなんないのー？」

それ、プリントをちゃんと読んでいないと思うのだが……。それとも、内部の見学も見方を変えるとそうなるのか？

「あ、図書カードもらえるみたい。抽選だけど」

「図書カードって本しか買えないんでしょ？　あたし本買わないからなー」

「えー、もらえるものはもらいたいなー。適当なこと書いて先生に提出すればいいんだよね？」

周りの子たちが騒いでいるのを聞いて、ちょっと残念に思う。

「雪音ちゃんは図書委員だから、ちゃんと考えなきゃならないんでしょ？」

「う、うん」

「あ、そうか。図書委員だからかー」

それとは別にやる気まんまんなのだが、言わないでおいた。

「どんなんだったら、みんな行きたいと思う？」

「うーん……」

「図書委員の雪音のため」にクラスメートたちは考えてくれたが、はっきりいってかなり適当なものばかりだったので、プリントはまだ真っ白なままだった。

みんな、新しいのどころか他の市立図書館にも行ったことがないという。

「何で？」

「だって、静かすぎてどうしたらいいのかわかんない」

普通にしゃべれないので気詰まり、という意見が大半だった。

「だいたい学校の図書室にもあまり行かないし」

「学校の図書室とは全然違うよ。マンガもあるし、映画のＤＶＤも貸してくれるし、見ることもできるし」

新しい図書館のモニターは大きくなったし、ヘッドホンも性能のいいものになったんだから！

「え、そうなの？　マンガも映画もタダ？」

「うん、そうだけど」

そこだけに注目してほしくない、という言葉はぐっと飲み込む。

「そうかー、じゃあ、一回行ってみようかな。学校から近いし」

そんな結論をみんなが出してくれて、ちょっとホッとする。すぐに忘れてしまっても、受験勉強のために行く子はいるだろうから、その時に勉強とは別に楽しんでもらえるといいな。

せっかく新しいんだから、早めに行ってほしいんだけど。

そんなことを思いながら、雪音は本を返却する。読みたい本は貸出中らしい。ちょっとがっかりする。

ロビーの掲示板に、今日学校でもらったプリントが貼ってあった。何をどう書いて提出しようかな、と考えながら見ていると、

「興味ありますか？」

と声をかけられた。

振り向くと、大学生くらいの女性が立っていた。何度か見かけた記憶がある。髪が長くてゆるふわな感じだが、エプロンをしているので多分図書館の人だ。

「はい、あります。今日、学校でも話を聞きました」

雪音の言葉に、その女性はうれしそうに笑った。

「そうですか。じゃあ、中学生よね？」

「はい。一年生です」

「ぜひ応募してください」

「はい！」

何だかうれしくて、元気よく返事をする。

「よく見かけるけど、本は好きなんですか？」

「はい。図書委員してます」

そのあと、二人で立ったまま本の話をした。

「小説が好きなの？　それとも絵本とか？」

「あ、何でも好きです」

「好きな作家は？」

「レイ・ブラッドベリとか、絵本だと林明子《はやしあきこ》さん……」

「ほんと？　二人ともあたしも大好き！」

好きな作家が同じだとわかると、彼女（名札には「三宅《みやけ》」とあった）の顔がパアァ！と花が咲いたように明るくなった。

「話に花が咲く」ってこういうことなのかな、と思った。

……ちょっと意味が違う気もするが、その時は本当に花のようにかわいい人だと思った。大学はもう卒業しているらしいけれど。

「クラスの友だちとはあんまり本の話ができないんです」

「本好きの子は少ない？」

「はい……」

「あたしの中学の時と同じだねー」

彼女が司書の資格を取ろうと思ったのは、その頃だという。

「というより、司書という職業があるのを初めて知ったのがその頃だったの。司書なら、一日中本の話しててもいいんだー、と思って。でも、図書館に勤めると無駄話はできないってその時は気づかなかったのね」

「あっ、じゃあこんなふうに話してたら――」

「大丈夫、ここはロビーだから。話す時はここに出てってところなんだよ」

会ったばかりなのに、何だかずっと前からの知り合いみたいに話すようになっていた。

「三宅さーん――」

遠くから控えめな声がした。

「あっ、すみません、お仕事中……！」

「あ、こちらこそ、なんかいろいろ訊いちゃって。これ――」

プリントを指さす。

「がんばってね。そうだ、名前教えてくれる？　あたしは三宅寿美子《すみこ》といいます」

「麦谷《むぎたに》雪音です」

「雪音ちゃん？　色白でぴったりな名前だねー」

名前負けしているな、といつも思うが、なぜか素直にうれしかった。

家に帰ってからも、図書館企画のアイデアを考え続けた。

ノートにいろいろと浮かんだことを書いていったが、どうもしっくりいかない。

実は、頭に浮かんで離れないものがあるのだ。

「ぬいぐるみおとまり会」。

外国の図書館ではよく行われているイベントだ。子供のお気に入りのぬいぐるみを図書館に預け、彼あるいは彼女が夜の間図書館で何をやっているのか――その行動をカメラで撮影してくれる。

子供のお気に入りのぬいぐるみを通して本と親しんでもらうことが目的だが、雪音が知ったのは去年だ。日本の図書館もやっているそうで、その図書館のサイトなどをよく見たものだ。

子供が自分でぬいぐるみを図書館へ送り届け寝かしつけてから帰るとか、真面目な勉強や読書やお仕事をするだけでなく、大勢で仲良く雑魚寝《ざこね》をしたり、真夜中のパーティーとか朝食会とか――。迎えに来た子供には、そんなことをしているぬいぐるみの写真と彼or彼女が夜の間に読んでいた本が渡される。

とにかくすごく楽しそうで、自分ができないのが本当にくやしかった。新しい図書館でやってくれるかも、と思ったが、そういう予定はないらしい。どっちにしろ、多分中学生では参加できないだろう。

だから、提案しようと思ったのだ。

オリジナルのアイデアではないし、図書館としてはありふれたものだろうけど、雪音はどうしてもこれを、あの新しくてきれいな図書館で実現してほしかった。写真を撮るのだったら、背景も美しい方がいいに決まっている。

さらにできれば、子供ではない人も参加できるようなものにしたい。

中学生の雪音はもとより、大人だってそういう夢のあるイベントに興味のある人はたくさんいるだろう。我が子だけではなく、自分も参加したいというお母さんやお父さんだっているかも。

でも……自分で思いついたものではないと明記するにしても、オリジナリティに欠けるとやはり選ばれないだろうか……？　何か他のことにした方がいいのか……。

3

日曜日になっても、雪音は考え続けていた。

提出日は月曜日だ。今日中に書き上げなければ。

だが、ぬいぐるみおとまり会にするか、新たに考えたものにするかで迷い、新たに考えるにしても子供向けにするか大人向けにするかで迷う。

だいたい大人が喜ぶことってなんだろうか……。

こんな時は、どうしたらいいの？

「気分転換しようかな……」

でも、外はあいにくの雨だった。ぶらぶら散歩するのもめんどくさい。行くとしても屋根のあるところで、できれば静かなところ——というと、図書館しか浮かばない自分に、そっとため息をつく。

うーん、大人になったらお気に入りのカフェでコーヒーや紅茶を飲みながら、ゆっくり読書なんてしたいなあ。でも今はおこづかいが苦しいからダメだ……。

どんなカフェがいいだろうか、と空想しながら雨の中を歩いて図書館へ行く。

日曜日の図書館はけっこう混んでいるものだが、今日は天気が悪いせいか静かだった。併設されている喫茶コーナーの方が人が多い。

ここの図書館の喫茶——いや、カフェもなかなか雰囲気がいい。有名なパン屋さんが出店しているので、食べ物もおいしいそうだが、ちょっと大人っぽくて敷居が高い。

この間会った三宅さんはいるかなとカウンターをのぞいたが、いなかった。少しがっかりしたが、相談するつもりはなかった。休みかもしれないし。

何だか自分には決心が足りないだけ、という気がしてならない。決めているのに、今一歩が踏み出せないというか……。

それくらい、自分で決められないでどうする。中学生にもなって。

今の気分にふさわしい本でも読もうと棚を見て回ったが、何だかタイトルが頭に入ってこない。適当に取ってページをパラパラめくっても、文字が上滑りする。

こういう時は絵本かな。文字が頭に入ってこないのなら、絵を見ていればいい。

雪音は児童書コーナーへ向かった。

いつもの日曜日ならにぎわっているコーナーだが、今日は一人だけ、五〜六歳くらいの女の子がテーブルについて絵本を広げていた。切り株をかたどったかわいいテーブルだが、中学生になると座れないのだ。

女の子が読んでいるのは、『こんとあき』――雪音の大好きな絵本だった。

おばあちゃんに作ってもらったきつねのぬいぐるみ〝こん〟は、生まれたばかりの女の子〝あき〟とともに成長する。こんはぬいぐるみだが、立って歩いて、しゃべって物も食べる。いっしょうけんめいあきの面倒を見るこんだが、ある日、腕のほころびに気づく。こんとあきは、おばあちゃんにほころびを直してもらうため、電車に乗って旅に出る――。

こんがものすごくかわいくて、大きなしっぽをドアにはさまれてしまうシーンを本屋で見た時、母に見せたくて絵本を広げたまま店中を探し回った思い出がある（さすがに母は買ってくれた)。

絵本を見る女の子の表情が、刻一刻と変わるのが面白かった。何度も読んで文章もだいたい憶えているので、「今、あのシーンを読んでる」というのがよくわかる。

何だかついつい気になり、絵本を立ち読みしながらもチラチラ見ていたら、最後ににっこりして本を置いた。

そして、もう一度初めから読み始めた。

ああ、ケラケラ笑ってるのはあたしの大好きなシーンかなあ……。

それにしても一人でいるのが気になった。親はいないんだろうか。

「ねえ、お母さんは?」

しばらく待っても誰も現れないので(その間、その子は何度も『こんとあき』を読んでいた)、ついにたずねてしまった。最近は知らない人と話しちゃいけないときつく言われている子も多いので、ちょっとドキドキしながら。

「お母さんは用事があるの」

しかし、屈託なく女の子は答える。

「一人で来たの?」

「ううん」

あ、一人じゃないのね、と少し安心する。

「大人の人と一緒なんだね？」

「うん、ちょっと待っててって言われた」

かなり待たされているみたいだけど、あまり気にしないのだろうか。心配になるくらいの無邪気さだ。

でも、とてもかわいい。

「その絵本、好きなの？」

「うん！」

元気のいいお返事だ。

「今日初めて読んだの？」

「ううん。うちにもあるよ」

「それなのにここでも読んでたの？　そんなに好きなんだ」

「うん。こん大好き。すうちゃんに作ってもらったの」

そう言って、女の子は本の見返しを見せる。そうだった。最近気づいたことだけれど、この絵本にはこんの型紙が見返しに図案化されている。出版社のサイトには、ちゃんと作り方も載っているのだ。

「すごいね」

「うちのコンコちゃんは女の子なの。すうちゃん、ワンピース作ってくれた」

こんはかわいいオーバーオールを着ていたはずだ。

「そうかあー」

ぬいぐるみなんて作ったことない。手芸は好きな方だが、すぐに飽きてしまうのだ。一気に作れるものならいいのだが、何日もかかると放り出す。ぬいぐるみを一日で作る勇気というか、腕はまだない。

「コンコちゃんの趣味は読書なの」

「うんうん」

「いつか図書館でいっぱい絵本を読むのが夢です」

「じゃあ、好きな食べ物は？」

「カレーです」

「きつねうどんとかじゃないんだね」

「おあげはあまり好きじゃないの……」

それは、コンコちゃんじゃなくて自分が、ということだな。

コンコちゃんの日常の物語を語る女の子の身振り手振りが面白く、何度も笑ってしまう。

「コンコちゃんの夢は、激辛カレーを食べることと、図書館にお泊まりをしていっぱい本を読むことです」

激辛カレーに思わず吹き出す。だが、図書館のくだりに、オーバーオールを着たこんがそこの椅子に座って絵本を読んでいる姿が浮かんだ。この女の子が、あきに見えてくる。

「でも、両方ともママがダメというのでできません」

そりゃカレーはダメだろう。

「ママは何でダメって言うの？」

「コンコちゃんはまだ小さいから」

「でも、絵本は読めるんでしょ？」

「漢字は読めないの。それに、まだ中辛も食べられないから」

「そうかあ」

「あっ！」

突然女の子が声をあげ、カバンの中を探りだす。

「メールだ」

子供用の携帯電話を出す。まだ持っていない雪音は、持っているだけうらやましい。

「すうちゃんが呼んでるから、行くね、お姉ちゃん」

「あ、はい。お話面白かったよ」

「ほんと!? ありがとう！　またね、バイバイ！」

女の子は絵本をしまい、ロビーの方へ駆けていった。注意されないかハラハラしたが、幸いあまり人影はない。

ああ、やっぱりおとまり会がいいな。

そしたら、あの女の子とコンコちゃんが来てくれて、とても喜ぶだろう。

雪音は急いで家に帰り、プリントに書き込んだ。

オリジナリティはないけど、本当にやってほしいことなんだもの。あの図書館がやってくれたら、本当にうれしいことなんだもの。

そう思いながら、雪音は書いた。

うまく書けているかわからないし、多分ダメだろうけど、終わった時には何だかすっきりしていた。

4

次の月に、図書館の方から連絡が来た、と先生が朝の会で言う。どのような企画が採用されたか、というのを説明し、詳細の書かれたプリントを配ってくれた。

中学生の部での採用企画の中に、雪音の名前はなかった。クラスで図書カードが当たった子もいなかった。

「ああ、やっぱり……」

休み時間、プリントを見直し、雪音はため息をつく。通った企画はどれも面白そうだった。実現したら、絶対に参加したいと思うものばかり。

小中学生のための物語コンテスト、映像やマンガなどと原作を比べるディベート、本に出てくる食べ物や衣服を親子で再現――。

読書が苦手なクラスメートたちですら、「面白そう！」と言っている。

考えても何も浮かばなかった自分から見ると、

「発想力が違うよね……」

としか言えない。

「えー、でも雪音のアイデアもよかったよ。あたしが小学生だったら、絶対喜ぶ」

大人にも参加してもらおう、というアピールが足りなかったのかもしれない。ちゃんと書いたつもりでも、伝わらなかったらダメだ。

「けど、元々外国の真似だもん……」

日本の図書館でもうやっているのが、余計にハンデだった。もっと付加価値をつけられればよかったけれど、あれが自分の発想の限界かもしれない。

ゼロから発想するのって難しい。自分にはできそうにない。

だから、本――特に物語が好きなのかな？　小説って書いてみたい、と思うが、数行書いてみては何となくやめてしまう。あとで続きを書こうとしても、ダメなのだ。手芸と同じで一気にやらないと飽きてしまうらしい。

それはまあいいのだが、やはり採用されなかったのにはがっかりしてしまった。つまり、「ぬいぐるみおとまり会」自体もないってことなんだろうし……。

それが一番がっかりなことなのかもしれない。

学校帰りに図書館に寄るのがすっかり日課になっていた。

寿美子に会えるかどうかは運次第だが、今日はカウンターに座っていた。

「こんにちは」

「あ、雪音ちゃん、こんにちは」

彼女とはすっかり顔なじみになっていた。会った時はわずかな時間でもおしゃべりをする。おすすめの本を教えてもらったり、こっちのリクエストを伝えたりするのだ。ひそかにもっといろいろなことを話したいと思っているが、そこまでまだ仲良くはない。

「今日、学校で図書館の企画の発表があったんですけど」

「あっ、そうだね。そろそろだと思ってたの。どうだった？」

「……ダメでした」

「そうだったんだ……。あたしはまだどんな企画が選ばれたのか知らなくて」

とても残念そうな顔で、寿美子は言う。

「しょうがないんです。外国の図書館の真似だったから」

「どういうこと？」

「『ぬいぐるみおとまり会』って奴です」

雪音が言うと、彼女は驚いたような顔になった。

「そうなの？」

「はい……」

どうしてこんなに驚いているんだろう。

「ねえ、今日ちょっと時間ある？」

その時は周りに誰もいなかったが、彼女は声を落としてそう言った。

「六時くらいまでだったら——」

今日は塾がないので、早く帰るように言われている。

「じゃあ、五時に駅前の広場で待ってて。三十分くらい話しましょう」

何を？　と一瞬訊きそうになるが、長話になるから外で、ということなのだろう。雪音はうなずくと、カウンターから離れた。

時間をつぶす間、いつものように本を読もうとしたが何となく落ち着かなくて、宿題を図書館でやってしまった。毎度こんなふうにすませてしまえたら、と思うが、そううまくはいかない。

五時近くに図書館を出て、駅へ向かう。待ち合わせ場所の定番である広場の時計の下に立っていると、急ぎ足の寿美子がやってきた。

「待たせてごめんね。今日のお昼休みがこんな時間にズレちゃったの。ちょっとお店に入って何か食べよう」

彼女に連れられるまま、駅近くの小さなカフェに入った。入りたいとイメージさせるようなところだった。静かで明るくて、音楽も話し声も控えめで、禁煙。本ってけっこうすぐに煙草臭くなってしまうのだ。

「好きなもの注文してね」

と言われたので、紅茶にした。

しそう。

「ケーキとかは?」

「ええー、そんな……」

夕飯を食べられないと、母親が鬼のように怒るが、何やら手作りらしいお菓子がおい
「スコーン食べようよ。ここのおいしいよ」

「あの、でも……」

「遠慮しないで!」

寿美子はとっととプレーンと紅茶のスコーンを頼んでしまう。

「あっ、ごめんね! スコーン苦手だった?」

「いいえ、大好きです……!」

つい言ってしまって、ちょっと恥ずかしくなる。

「ジャムは自家製だし、クロテッドクリームは食べ放題だから!」

母が聞いたら狂喜しそうな店だ。今度教えてあげよう。

「あっ、でもあんまり時間ないのに……ごめん」

テーブルに突っ伏すようにして、寿美子は謝る。その仕草がおかしくて、笑ってしま

う。

やがて大きめのスコーンが二つずつ載った皿が運ばれてきた。クリームがたっぷり入った器も一緒だ。

「わあっ、おいしそう！」

雪音は歓声をあげる。

「よかった、喜んでもらえて」

寿美子はそう言って、スコーンを手に取り、二つに割った。ふんわりとバターの香りが漂う。

「ごめんね、なんか衝動的に誘ってしまって……」

申し訳なさそうにしながらも彼女は、スコーンにたっぷりのクリームとジャムを塗って、幸せそうに頬張る。

「でも、おとまり会のこと話す雪音ちゃんがあんまりしょげてたから……」

「そんなにしょげてました？」

「うん。でも、あたしも気持ちわかる」

雪音はスコーンにクリームをこれでもかと載せた。いつも配分を気にしていたので、こんなの夢のようだ。そして、ほんのちょっとジャムを垂らして口に入れた。ほろりと溶けていく生地とクリームがぜいたくに混じり合う。ジャムの酸味も消えてない。

寿美子と雪音は、同じようなしまりのない顔をして、無言でスコーンを一つたいらげてしまう。

薄い水色《すいしょく》だが、味はしっかりした紅茶を飲んで、寿美子はため息をついた。

「あたしも、あの図書館で働きだした時、『ぬいぐるみおとまり会』の企画出したんだけど、ボツになっちゃって……」

「ええーっ、そうなんですか⁉」

「そうなの。子供だけじゃなくて、大人も参加できるようなのにしたかったんだけど……」

「あたしもそういうのを出したんです」

「そうしないと、自分は参加できないもんね」

二人で笑う。同じこと考えていたのか。

「何でボツになっちゃったんですか？」

「うーん……よくわからないんだけど、上司の人がなんかすごくこだわってるみたいなの。

『やるんだったら、このくらいすごい写真が撮れなくちゃダメだ』

って画像を見せられたんだけど、あたしにはどうすごいのかわからないんだよ」

「どんな画像なんですか？」

「ぶたのぬいぐるみがテーブルの上に座って本を読んでるだけの写真よ。待受画像だったから小さいし。かわいいんだけど、あたしにはそれしかわからない……」

寿美子がわからないのでは、中学生の自分ではもっとわからなそうだ。

「その画像ってあるんですか？」

「ううん。それは神部《かんべ》さん――上司の待受だったから」

なあんだ。残念。

「でもね！」

紅茶を飲み干し、おかわりを注《つ》ぎ足しながら寿美子が意気込む。

「多分、雪音ちゃんの他にもおとまり会やりたいって思ってる子はいると思うのよ」

「そうですよね、けっこう知られてもいるし……。あの図書館は、そういうのすごく似合うと思うんです」

ぬいぐるみを預けたいと同時に、自分でも写真を撮ってみたいと思う。

「だから、こうなったらプレゼンしてみようと思ってて」

「プレゼン？」

たまに耳にする言葉だが、どう使うのかいまいちわかっていなかった。

「『こういうことをやります』って具体的に示せるものを作ったりして、アピールするのよ」

「なるほど～」

そういうことなのか。

「お仕事って大変ですね」

「仕事じゃないよ！」

「え？」

紅茶にむせそうになる。

「自分で勝手にやろうとしてるんだから、家に帰ってから作業するの」

「え？　ほんとに？」

「うん。認められたら仕事になるけど、それまでは……ボランティア？　いや、趣味かな？　だから、休憩時間にここに誘ったの」

寿美子はスコーンの最後のひとかけらにクリームを山盛りにして、口に放り込んだ。

「雪音ちゃんのおかげで決心ついたよ。不満言ってるだけじゃなく、ちゃんと自分でも動かないとダメだよね」

「あ、あたしも手伝います！」

気がついたら言っていた。

「えっ、そんなのダメ！」

寿美子はぶんぶん首を振る。

「手伝ってもらおうと思ったわけじゃないんだよ。まだ何をやろうとかも考えてないんだから」

「あたしも一緒に考えたいです」

何をしたらいいのかもちろんわからないけれども、手伝いたい気持ちだけでそう言う。やりたいという漠然とした思いが、企画を手がけるという具体的な方向に動き出していた。

「ダメダメ、今の中学生なんてあたしよりもずっと忙しいはずだよ。夜道を女の子一人で帰すわけにもいかないし」

「それを言うなら、三宅さんだってまだ女の子じゃないですかー」

「あたしは一応成人してるから……」

「大丈夫です、調整します」

「塾とか通ってるんでしょ？」

「でも、習い事はしてないから」

そんな感じで寿美子を時間ギリギリまで説得する。もう雪音が帰らなければならない、という時にようやく、

「……じゃあ、今度の土曜日にどこかで会って、話をしようか？」

という返事をとりつけた。

「はい！」

この間会った女の子みたいな良い返事をしてみた。

あわてて帰ってきたので、いったいこれからどうするのかさっぱり見当がつかない。

すぐにやるわけでもないのに、一人でアワアワしてしまう。あまり表には出さないようにしているけれど。

とりあえず、母親には話しておく。出かけたりする時にごまかすのもめんどくさい。

「図書館に勤めてる人？」

「うん。三宅寿美子さんっていうの」

「まー、ついにあんたは図書館の人と友だちになったのね。どんだけ本が好きなのかしら」

「あんまり関係ない気がするけど……」

でも、年上の人と友だちになる機会ってほとんどないから、確かに本好きのおかげかもしれない。

「じゃあまあ、連絡先を教えてくれて、あんまり遅くならなきゃいいわ」

「はーい」

これで一つクリアになったが、企画の内容――というか、プレゼン自体がぼんやりとしかわかっていないので、何時間も考えた末にようやく、

「今できることは何もない」

と結論を出すことができた。

寿美子に電話やメールをして迷惑をかけることもできないから、あとは寝るくらいしかできない。

あ、せめてぬいぐるみの用意だけはしておこうかな。

いくつかの候補を選んで、明日きれいにしよう。洗濯機が無理な子は、ぬいぐるみシャンプーで拭いてあげよう。

そこまで考えて、ようやく雪音は眠ることにした。

土曜日はどこで会うのかな。またあのカフェで会うのなら、別のスコーンが食べたい。今日は、遠慮したけど結局おごってもらってしまった。今度はちゃんと自分の分くらいは――。

5

土曜日の午後、同じカフェで再び会って以降、二人は何度か打ち合わせを重ねた。

といっても、打ち合わせそっちのけで好きな本の話ばかりしてしまうことも多かった。

寿美子の母の趣味がお菓子作りなので、そのおみやげを食べながら公園で話し込んだり、カフェを巡ってスイーツの食べ歩きになってしまったり。

何の成果も上げられない、という時も少なくなかったが、学校の友だちとは全然違う寿美子との会話は本当に面白く、笑いが絶えなかった。

彼女は去年大学を卒業したというが、本当のお姉さんのように話しやすい。雪音は長女で、妹と弟しかいないから、それがすごくうれしかった。

寿美子は寿美子で二人姉妹の妹なので、

「妹ができたみたいで楽しい」

と言ってくれた。妹だからって子供扱いしないで、意見をちゃんと聞いて、一緒に考えてくれる。

身近にはいないタイプなので、それも驚きだった。雪音は、言いたいことはしばらく考えないと言葉として出ていかないのだ。それをたいていの人は待ってくれない。特に学校では。

家族は慣れているのでちゃんと話せるし、不自由を感じたこともないが、何となく自分が家族の中で浮いているとは思っている。何が異質だとはっきりとは言えないのだが、ぼんやりとそう考えてしまうことは少なくない。

寿美子ももしかして、そういう子供だったのかな、と思うと、自分の将来に希望が持てる。働くことや人前で何かすることに自信が見えてきた——かも？


「具体的なこととしては、ポスター用と、実際に開催した時に配る見本の画像を作ろうと思っているんだけどね」

プレゼンに慣れない二人も、ようやくここまで来ていた。ちょっとのんびり過ぎたかも、と思うが、無理しても仕方ない。

「こんな感じのポスターにしたいの」

寿美子が簡単なイラストのようなものを見せてくれる。

「あの、あたしも考えてきました」

自分のぬいぐるみにいろいろポーズをつけていて思い浮かんだことを小さなスケッチブックにメモしておいたのだ。

「おおー、かわいい！」

「三宅さんも絵がうまいですね」

「うまくないよ。それっぽいだけ。本格的なことはできないよ」

二人で持ち寄ったラフを元に、

「ここに写真を」

とか、

「ここにキャッチコピーを」

とか考える。

「コピー——これ、どうかな？」

寿美子が見せてくれたのは、こんな文章だった。

『あなたのぬいぐるみは、真夜中の図書館で何をしているの？

気になりませんか？

参加してみよう。

ぬいぐるみおとまり会』

「なんかありきたりだな、と思うんだけど……。とりあえずね、とりあえず！　あとでもっといい文が浮かべばいいんだけど」

「えー、あたしはいいと思いますよ」

「いっぱい考えたんだけど、結局はストレートな方がいいのかもって」

今日も紅茶をおかわりしながら、さらに話しあう。

「撮った写真はやっぱりアルバムにするんですか？」

「それと一緒に一番お気に入りのを絵ハガキにしてあげるってどうかな？」

「あ、それすてきです」

「けど、今の子供はハガキとか使わないか」

確かにメールばかり使ってしまうけど。

「飾る時は、ハガキくらい丈夫な紙の方がいいかもしれないから」

写真というか、プリント用だと反《そ》ってしまいそう。

「そうだね。プリクラみたいにすると、もっと喜ばれるかもしれないけど。予算とかどうなんだろう。一応アイデアには入れておく」

何だか二人とも夢中になってきた。声が大きくならないように注意しなくちゃ。

「実際やることになれば、デザインとかは先輩で上手な人がいるから手伝ってもらえると思うの。だから、とにかく写真よ。写真のインパクトで押していこうと思うの」

より熱のこもった声で寿美子が言う。

「インパクトですか？　そんな……すごい写真ってこと？　あのぶたのぬいぐるみみたいなのですか？」

「いや、あれのすごさはやっぱりわからないから、もっとわかりやすい方向に行こうと思ってる。参加した人がもらってうれしい写真じゃなきゃ。それが参加者へのプレゼントなんだもん。見本がショボかったら誰もほしいと思わないじゃない？」

それもそうだ。

でも、こうしたいああしたいというのはいろいろ出るが、「ぬいぐるみが本を読んでいる」というビジュアルだけではインパクトに欠けるかもしれない。

「やっぱりモデルを前にしないと、具体的なことが浮かばないのかもねえ」

「モデル——のぬいぐるみですよね？」

「そう。どんなのがいいかな」

あいにくぶたのぬいぐるみは持っていないので、

「やっぱりオーソドックスなテディベアとか、アンティークのとか。それとも、流行《はや》りのキャラとか？」

雪音の提案に、寿美子がうーんとうなる。

「多分キャラクターものは本当のポスターにする時、使いにくいと思うんだよね。かわいいしわかりやすいけど、そういうのを批判的に見る人もいるし」

「じゃあ、あたしのぬいぐるみを使いますか？」

お気に入りのテディベア〝みかん〟は、三歳の誕生日の時に祖母から贈られたものだ。傾けると中の笛が鳴る。重くて固いが、どう扱っても壊れないし型崩れもしない。何度も洗って、目も取り替えているし、今はもう出窓に飾ってあるだけだが、今も一番好きなぬいぐるみだった。

「いや、それはダメでしょ？」

「え、どうして？」

「雪音ちゃんの番になった時は、そのぬいぐるみで写真撮りたいんでしょう？」

そうだった……。でも、

「他にもお気に入りの子はいるし、それはそれでまた改めてでもいいですよ」

「うーん、けどやっぱり新鮮味がなくない？」

　そう言われればそうだが……。

「どんなぬいぐるみなの？」

「持ってきました」

　大きなトートバッグからそのぬいぐるみを出して、寿美子に見せる。

「わあ！　立派なぬいぐるみだねー」

　寿美子は耳のタグを見て、言う。毛羽立ってあまりきれいではないけれども、図書館がレトロな建築なので、かえってこういうぬいぐるみが映えるはず。

「でも、大切なものなら、なおさら本番の時にとっといた方がいいよ」

「……じゃあ、モデルはどうするんですか？」

「あたしのぬいぐるみはどうかな？」

　寿美子が見せてくれた写真には、くたびれた感じのうさぎのぬいぐるみが写っていた。

「お母さんがとってあるって言ってたから」

「三宅さんは？」

「え？」

「三宅さんはおとまり会、やらないんですか?」

「あたしは……やらないよ。だって、図書館員だもん」

雪音は驚く。

「てっきり三宅さんも自分がやりたいんだと思ってました」

だから「大人も」って言ったんだとばかり。

「そういう気持ちはあるけど……あたしは、あとでもいいの。大人だからね」

その言葉に若干《じゃっかん》の疑問を抱く。

結局、写真のモデルは寿美子のうさぎのぬいぐるみに決まった。

「名前はあるんですか?」

「うさちゃんって呼んでたよ」

子供らしい。そういう雪音も、毛並みが明るい茶色だったからテディベアに「みかん」と名づけた。

女の子の「こん」だから「コンコ」とか。

子供のネーミングって適当だけど、かわいいなあ、と思う。

ぬいぐるみに何の本を持たせるか、というのを検討するため、寿美子の休みに合わせて二人は図書館へ行った。

実際にちょっと撮影してみようということで、うさちゃんのぬいぐるみも持ってきていた。

「最初はやっぱり子供向けだから、絵本かな……？」

二人で図書館の許可はちゃんと取ってあると寿美子は言う。

まずは定番のものを選ぶ。

「『ぐりとぐら』とか『100万回生きたねこ』とか、『ビロードのうさぎ』とか——」

図書館で人気のある絵本を集める。

「あっ」

この間の女の子が読んでいた『こんとあき』を見つける。

「これこれ、三宅さん、あたし大好きなんですー」

「あー、それあたしも大好きだけど——」

寿美子は苦笑いをして、

「そのままじゃない？」

「……うーん、そうかも？」

あえて選ぶというのも面白いと思うけど、絶対にこれじゃなきゃいやだ、というわけじゃない。

「あっ、これすごくなつかしい！」

雪音が手に取った絵本のタイトルは『ゆうちゃんのみきさーしゃ』。小さい頃はこれを読むたび、アイスクリームが食べたくて仕方なかったなあ。母に作ってもらおうとねだったっけ……。

「あー、なつかしー！」

今度は寿美子が叫ぶ。

「何ですか？」

「『ぺろぺろん』！」

ピンク系のカラフルなヘビの絵が表紙に描いてある。ふとましくてかわいらしい。

「かわいそうなんだよ、このヘビの女の子」

「えっ、女の子なんですか？」

「そう。だから、かわいい花輪が欲しくて、猫のおばちゃんに頼んだんだけどって話」

「ヘビの話だと、絵本じゃないけど『ちびへび』が好きです」

「ああ、同じ作者の絵本の『ともだちは海のにおい』が好きだった！」

「あ、あたしも！　『ともだちは緑のにおい』もありますよね？」

「『てつがくのライオン』がかわいくて――」

カフェでもこんなふうにどんどん脱線していってしまったのだ。

でも今日は一応、絵本選びということだから、無駄話ではない。はず。


ついついはしゃいでしまったが、結局持たせる本は『いやいやえん』に決まった。定番中の定番だ。

利用者がいる館内ではなく、隣接する小さな公園のベンチで撮影することにした。

うさちゃんにテーブルや椅子の上で適当にポーズを取らせ、携帯電話のカメラで写真を撮ってみる。

「あ、なんだかいい感じ！」

「かわいいー」

とか言いながらキャッキャウフフしているうちはよかった。

寿美子が私物のデジカメで写真を撮り始めてから、ちょっと変わっていく。

「なんか違う……」

「そうですね……」

なかなか思ったとおりの写真にならないのだ。海外の図書館のサイトに載っているようなきれいな写真にしたいと思っても、うまくいかない。

ポーズも、さすがにぬいぐるみなので、そんなにバリエーションがない。本を持っているように見せるのが難しい。ただぬいぐるみと本が並んでいるだけに見えてしまう。

表情もいつも同じにしか見えないのだが……。

「どうやったらこんなにかわいいポーズになるんだろうね」

「CGですかね？」

雪音の言葉に、寿美子は「ええっ⁉」という顔で振り向く。そしてもう一度ぬいぐるみを見る。

「CGかも……」

そんな高度な技、自分たちは使えない……。

「ちょっと神部さんに相談してみよう……」

寿美子は図書館内で上司の神部を呼び止め、休憩時間に奥の会議室で話をしてみた。企画をボツにしたのがこの人であるわけだが、相談にはのってくれるらしい。

彼は外国の図書館のサイトに載っている画像を見て言う。

「これはやっぱり、いいカメラを使って撮ってるんじゃないかな？　このデジカメも悪くないけど、たとえば一眼レフとか」

「一眼レフ……」

聞いたことはあるが、よく知らない。値段が高くてきれいに写るカメラというのだけはわかった。

「三宅さん、持ってますか？」

雪音がたずねると、寿美子はブンブン首を振る。

「持ってないよ。多分周りにも、持ってる人いない……」

「あたしも……」

うちにはデジカメ自体があっただろうか。あったとしても、携帯電話ので事足りる、とばかりに放置されている。

「いくらくらいするんですか、それって……？」

神部からだいたいの値段を聞かされて、二人で「ひょえー！」と声をあげる。

「一眼デジカメは、みんな『欲しいねえ』とは言うけど、やっぱり値段が値段だからね」

苦笑いしながら、神部が言う。

「うちには古いフィルムのならあるけど、それはもっと難しいから」

カメラのことも写真のテクニックについても何も知らない二人は、途方に暮れてしまった。

「あたし、何も手伝えない……」

雪音はつい、落ち込んだ声を出してしまった。

「そんなことないよー。いっぱいアイデア出したじゃん！」

せめてモデルだけでもうちのみかんを、と思ったが、それではうさちゃんをけなしているようだ。うさちゃんの耳にタグはないが、とてもかわいらしくて、味のあるぬいぐるみなのだから。テディベアより表情もある。

「神部さん、ありがとうございました。もう少し考えます」

寿美子が挨拶をして、会議室を出ていく。雪音もあわててついていこうとしたが、ふと気になって神部にたずねる。

「高いカメラじゃなくても、腕のいい人だったらまた違いますか？」

「そりゃそうだろうね」

ちょっと驚いたように彼は答える。

「じゃあ、ちょっと見つけてみます。モデルはいいんですもん。ありがとうございました」

ペコリと頭を下げて、部屋を出るか出ないかの時、

「モデルでもカメラでもないんだよ――」

かすかにそんなつぶやきが聞こえた。ドアが閉まる瞬間、かろうじて後ろを向くと、神部は携帯電話を見つめていた。

待受はやっぱりあのぶたのぬいぐるみなのだろうか。そんなにすごいの？　その写真って。

引き返して見せてもらおうかと思ったが、閉まったドアをもう一度開ける勇気はなかった。

あんなことを言うような人とは思わなかった。優しそうなおじさんなのに……よく知らないけど……。

子供扱いされるのがいやだと思いつつ、大人が怖いと思う勝手な自分に対して、雪音はため息をついた。


雪音は、寿美子のデジカメで写した写真とサイトの画像を見比べる。

「この写真、後ろがきれいにボケてますよね？」

「そうだね」

「こういうのって、どうやるんですか？」

「うーん……」

悩む寿美子だったが、やがてハッと顔を上げる。

「……そういう時こそっ、図書館なんだから、本を探すのよ！」

写真の入門書を書架から持ってくる。パラパラとめくって読んでいくが、そもそも用語からしてわからない。

二人で悩んでいると、

「そんなに深く考えなくてもいいんだよ」

いつの間にか神部が傍らにいた。ちょっと雪音は身構える。

「肩肘張らないで。プレゼンなんだから。写真は厳選したものでいいんだよ。とにかくたくさん撮れば何とかなるって。デジカメだとそれが簡単にできるわけだし」

そう言って去っていく。あんなことを言ったのに、はげますとかって、ほんとにわからない。

「つまり、『写真はよさげなのを適当に持ってくればいいから』ということなの？」

寿美子が言う。

「そうみたいですね」

二人も多分それでいいかもしれないと思いつつ、妥協してボツになるのもくやしいと考えてしまう。

どうせなら、例の待受よりすごいものにしたいじゃないか。

「まだ時間があるだけいいですよね」

「でも、プロに頼む予算はないし……」

今回実現したとしても、ずっと頼むのは無理そうだから、何とか自分たちでどうにかするしかない。

手伝うと言ってもほとんど何もできていなくて、雪音はちょっと自分を情けなく思ってしまう。

できることは、とりあえず友だちや家族に、

「写真のうまい人いない？　それかデジタル一眼レフとか、いいカメラ持ってる人」

と訊くことぐらいだった。

時間だけはたくさんある。でも、きちんと作らなければ、その時間が延々と続くことになってしまう。

そして、結局無駄に終わってしまうのだけはいやだった。

6

とはいえ、すぐにじゃんじゃん電話がかかってくるわけでもなかった。カメラは高いから人に貸したくないだろうし、撮影するヒマがある人もそんなにいるとは思えない

（しかもタダで）。

「高校だったら写真部とかあったりするよねー」

と友だちが言っていたので、もしあてが全然なければそういうところに突撃してみようか、と思い始めた頃。

「雪音、電話よ」

母が呼ぶ。

「何？　誰？」

まだ携帯電話を持っていないので、電話は家にかかってくるが、友だちはパソコンのメールに連絡してくる。

「山崎《やまざき》さんって人」

「山崎……？」

そういう名字の人は、知り合いにいない。あっ、もしかして!?

「はい、もしもし」

期待に胸をふくらませて電話に出ると、受話器から優しげな男性の声が聞こえた。

「もしもし、麦谷雪音さんですか？」

「はい、そうです」

「わたし、山崎といいます。千野川《ちのがわ》の麦谷さんのお父さんのご友人からデジタル一眼を持っている人を探しているとお聞きしまして」

千野川とは地名だ。そこに住んでいる親戚から話が回ったらしい。

「カメラ、持っているんですか？」

「ええ、わたしのものです」

思いの外、早く見つかったのはうれしいが、「千野川の麦谷さんのお父さんのご友人から」とはつまりこの人は、父の兄——伯父が同居している義理の父親の友人の友人、ということ？

何だか近いような遠いような……。いや、遠いというか、ややこしい。話がずいぶんいろいろな人に伝わっていそうだが、見つかったのはうれしい。

高価なものなので、貸してもらうわけにはいかない。寿美子と雪音がうまく使える保証もないし、壊したら大変だ。

「写真撮影のボランティアを探している、ということでいいんですか？」

「はい、そうです」

できたらこの山崎って人の写真の腕がよければいいな、と思う。

「どういうものをお撮りになるんですか？」

おじさんの声でこんな丁寧に訊かれると、何だかすごく緊張する。

「あの……図書館の行事で『ぬいぐるみおとまり会』というのがありまして――」

とつっかえながら、何とか説明をする。

「はあ、なるほどー。わかりました」

何やらメモを取っているような気配がする。

「あの、図書館の担当の人は三宅さんという人なので、そちらに連絡を取っていただけますか……？」

ちゃんとしゃべれているか不安だ。幸い相手の声がとても落ち着いているので、少し安心できたが。

「そうですね。じゃあ、三宅さんに電話してみます」

そう言って、電話は切れた。ああ、緊張した。

「何の電話だったの？」

「デジカメで撮影してくれる人」

まだ決まってはいないが。

「お母さん、千野川の伯父ちゃんにカメラのこと話した？」

「ああ、電話あったからついでに言っといたよ」

「このまま決まっちゃったあとに別の人から連絡あったらどうしたらいいの？」

母が黙る。

「……まあ、その都度《つど》謝るしかないよね」

やはりそうか……。頼みごとって難しい……。


次の日、寿美子から電話がかかってきた。

「山崎さん、こっちに来て撮影してくれるって。東京だから遠いかと思ったら、車だとすぐだっていうし、ちょっと用事も兼ねるらしいから。また連絡くれるって」

「わーっ、よかった！　何だか優しそうなおじさんって声でしたけど――」

「そうだね。でも、ほんとにタダでやってもらっていいのかな……。雪音ちゃんの親戚の方の紹介なんでしょう？」

「けど、実はすごく遠いんですけど……」

正直にどういう関係なのか言ってみると、

「うわー、そうなの？　どうしよう、来てもらったら怒られるかな？」

「でも、『ボランティア』って自分で言ってたし……」

「連絡あった時にまたくわしく説明しとくよ……」

緊張した声で寿美子が言う。


だが、彼からはなかなか連絡が来なかった。

あれからカメラに関してうちに電話がかかってくることはなかったので、申し出を断らなければならない事態にはなっていないのだが、この分では別の人を探さなくてはならないかも、と思い始めた頃——。

いつものように学校帰りに図書館に寄って、寿美子とちょっとしゃべって帰ろうとした時、その人はやってきた。

ロビーのソファーに、ぶたのぬいぐるみがちょこんと座っている。

あ、忘れ物かな？

雪音は、あまりのかわいらしさに足を止めた。

桜色のすすけた毛並み、黒ビーズの点目と突き出た鼻、右側がそっくり返った大きな耳に愛嬌《あいきょう》があふれている。

大きさはバレーボールほどで、ちょうどいい。ぬいぐるみおとまり会のモデルとしてスカウトしたいくらいだ。しかも、手には本まで持って——。

えっ、本？　文庫本？

いや、違う。持っているのは携帯電話だ。

どういうこと？

その時、ぬいぐるみが顔を上げ、あたりをキョロキョロ見回した。

そして、雪音に目を止める。

「うっ」

とっさに変な声が出た。

「あっ」

今のは誰の声？

そのとたん、まるで頭の上にピコーン！　と電球がついたように——あるいは耳がシャキッと立ったように、ぬいぐるみの表情が変わった。

パッと床に降りると、たたたっとこっちに駆けてきて、

「もしかして麦谷さん？」

と言ったのだ！

何で⁉　何であたしの名前知ってるの⁉

「麦谷雪音さん？」

うわ、フルネーム！

こりゃ答えないとダメかもしれない。

「は、はい……」

「こんにちは。はじめまして、山崎ぶたぶたです」

何を言われたの……？　なんか名前みたいなものを言われた……。

「あの、お電話した山崎です。デジカメのことで——」

「あーっ！　えっ⁉　あっ⁉」

母音しか出てこなくなった。山崎さんって――あの優しそうな声のおじさん⁉

目の前にいるのはぬいぐるみだけど。

「何であたしだってわかったんですか⁉」

あたしはわからなかったけど！　立場は同じじゃないか⁉

「いや、声を聞いてピンと来たので」

声！　あの「うっ」だけで？　あたしには無理だ……。いや、確かにぬいぐるみの鼻がもくもく動いて発せられている声は、電話の時と似たようなおじさんのものだけれども。

「今日来る予定でしたっけ⁉」

何も聞いていないはずっ。

「あ、いえ、今日はたまたまここら辺に用事がありまして、ちょっと寄っていこうと思ったんです。ロビーから三宅さんに電話をしようと図書館の番号を調べていたところだったんですが」

「三宅さんに電話を――」

「お仕事中だとケータイには出られないかな、と思って」

気配りをしている。大人な感じだ。

「雪音ちゃん？　どうしたの、大きな声出して――」

背後から寿美子が駆けてくる足音が聞こえた。

「あっ、三宅さん！　あのう……」

その時、ロビーには三人（？）しかいなかった。空気が固まる、という表現を、雪音は初めて実感した気がした。正確に言えば、固まったのは寿美子だけだったのだが。

「三宅さんですか？」

沈黙を破ったのは、もちろんぬいぐるみ。

「はじめまして、山崎ぶたぶたです」

「三宅さん、デジカメ、の山崎さん、です……」

何だデジカメの山崎さんって。でも、「デジカメ」って言ってしまったら続けられなくて――。

「こんだ！」

寿美子が意味不明なことを叫ぶ。

「は？」

「三宅さん？」

こんだ——あっ、こん！　動いてしゃべるぬいぐるみ！

「いえ、この間お電話差し上げました山崎です」

寿美子は変な立ち姿のまま、フリーズしている。

「おおっ」

後ろで、控えめだがまた変な声がした。振り向くと、神部が立っている。

「あれが……噂の……」

「神部さん？」

雪音の声に、神部はしばらくして反応した。寿美子はまだ固まっている。

「神部さん、噂って？」

「あ、いや、そのぅ……」

何だか恥ずかしそうに顔を赤らめている。

「いきなりご訪問してすみません。近くまで来たもので」

ぬいぐるみはソファーの上に置かれた箱のようなバッグを指さす（？）。

「三宅さん、一応今日、カメラ持ってはいるんです」

ぬいぐるみは神部と雪音の反応には気づかぬ様子で、寿美子に話しかける。

「あっ！」

突然ぬいぐるみが大きな声をあげる。

「被写体って、ぬいぐるみですよね？」

すごい。ぬいぐるみがぬいぐるみって言った。神部を見ると、どうも彼も同じようなことを考えているようだ。

「それがないと撮れないってことですよね。カメラあってもしょうがないかー」

「いいえ、モデルはもちろん山崎さんで！」

今まで固まっていたのが嘘のように寿美子が言った。

「モデル？」

「被写体です！」

「え、そういうつもりでは……」

「説得しろ、三宅！」

後ろで神部が小さく叫んだ。

どういうこと?

7

神部の残念そうな顔を尻目に、寿美子と雪音は図書館に併設されているカフェへぶたぶたを連れていった。

奥の方のあまり人目につかない席へ案内する。

ぶたぶたが小さいので、あまり目立たず座ることができた。これなら人に見られても二人で話していると見られるだろう。

……多分。おじさんの声に気づかれるとわからないけど。

「ぜひ『ぬいぐるみおとまり会』のポスターのモデルになってください!」

寿美子は、土下座しそうな勢いでそう言った。ぶたぶたは困った顔をしている。

雪音は、原宿とかでスカウトされるような女の子ってこんな感じなのかな、と頭のどこかで考えていた。

「さっきも言ったように、そういうつもりはなかったんですが」

「でも、理想どおりなんですー。お願いします！　ほら、雪音ちゃんも頼んで！」

いきなり振られて、びっくりしてしまう。しどろもどろになりながら自分の考えを口に出してみる。

「うーん、そりゃ山崎さんにやってもらえば、すごく理想どおりになると思うんですけど——」

二人の視線がそれぞれまったく別方向の期待に満ちているのに気づいて、言葉に詰まる。

「けど、撮影のボランティアって話で来てもらったんだし……」

寿美子の顔が泣きそうになる。

「あたしたちはカメラ使えない——というか、使って壊したら大変だし」

そう言ったのは寿美子自身だ。

「いや、使い方は教えますけどね」

「あたしたち、写真のこと何にも知らないんですよ」

使い方といったって、シャッター押すだけでは写メと変わらないじゃないか。

「僕だって、別にプロなわけじゃないから、腕は大して変わりませんよ。誰が撮ってもカメラがいい分底上げになるくらいです」

ぶたぶたがバッグの中からカメラを取り出した。

「けっこう大きいですね……」

寿美子がカメラとぶたぶたを見比べる。これをこのふかふかな手で出したというのが信じられない。

「重さもけっこうありますよ。持ってみて」

言われるまま雪音は手に取った。

重い……。

「これ、どうやって持ってきたんですか⁉」

「バッグに入れて」

それって冗談？　バッグだって重さがあるのにっ。

「まあ、ちょっとかさばりますけどね」

ツッコミどころが多すぎる……。

「でも、車で来たから大丈夫ですよ」

「送ってもらったんですか？」

「いいえ、自分で運転してきました」

いろいろと思考停止になりそうなことばかり言われる……。想像力の貧しさに泣きたい。

呆然《ぼうぜん》としている寿美子と雪音をキョロキョロ見て、ぶたぶたは言う。

「やっぱり自信ないですか？　写真撮るの」

「いえ……あの」

また言葉に詰まってしまう。

「僕が撮った方がいいですかね？」

あっ、誤解された！

「いえ、あたしたちが撮ります」

寿美子がきっぱりと言う。

「腕はもう関係ないと思います」

「そうですか？」

「ぶたぶたさんがモデルなら、ショボいカメラでも尋常じゃない出来になると思います」

そうかも。

「それによく考えたら今回はプレゼンだった」

「あっ」

そうだ、本番ではなかった。

「だから、とにかく撮ってみます。あたしたちで」

今回の撮影で練習すれば、上手になるかもしれない。

「そうですか。そういうことならモデルになってもいいですよ」

「ほんとですか⁉　ありがとうございます！　じゃあ、さっそく撮影を——」

「ちょっと待って」

突然、ぶたぶたではない男性の声が聞こえた。

え、誰？

二人で——いや、三人でキョロキョロあたりを見回す。

観葉植物の陰から、男性がひょこっと顔を出していた。父くらいの年代の人？　もっと若いかな？

「カメラ、俺もデジタル一眼持ってますから、撮りましょうか？」

え、どういうこと？

「せっかくモデルがいいんだから、ちゃんと撮ってあげないと」

三人とも目が点になった気がした。一人は本物だ。


家に帰って自分の部屋で落ち着いてから、めまぐるしかった夕方の一件を思い出す。

寿美子と雪音が図書館へ戻ると、神部が駆け寄ってきた。

「三宅さん、あの、あのぬいぐるみ、の人は？」

「帰りましたよ」

「えっ⁉」

神部の後ろにはたくさん人がいて、なぜかみんな嘆いている。

「そんなに長居はできないそうで」

「あああ、そう……」

みんながっくりきている。

「駐車場が遠いそうですよ！　自分で運転してきたんですって」

寿美子の言葉に、それぞれの顔が面白く変化した。そんなことを言った彼女の気持ちはとてもわかる。

「でも、今度は撮影の時に来てくれますよ」

と言うと、

「やったー」

みんなすぐに立ち直って小さく叫んだ。

「神部さん、ぶたぶたさんのこと知ってるんですか？」

「ぶたぶたさん！　そう確かぶたぶたさんって聞いたことある……」

「神部さん！」

「いや、ひそかに有名なんだよ、あのぬいぐるみさんは」

「どこで有名なんですか？」

そんなこと、学校でも聞いたことないけれど。

「図書館業界で」

「業界……？」

「本好きのぬいぐるみがいるって。都市伝説みたいだけど、実際に会ったことある人もいるって」

「その言い方がすでに都市伝説じゃないですか」

「いや、だって写メもらったから！」

そう言って、神部は携帯電話の待受画像を見せた。

「ほんとだ。ぶたぶたさんが写ってる……」

「隠し撮りっぽい……」

みんなに口々に言われて、神部の顔が赤くなる。

「どこからもらったんですか？」

「いや、くれた人もわからないらしい……」

だから噂の、というより、

「『ぬいぐるみおとまり会』のポスターを作るのなら、あの人にはかなわないなってつい思っちゃうじゃない」

という伝説になってしまったのか。

「でも、まさかこんなことになるとは……！」

神部の興奮が、その場にいる者すべてに伝わる。

「だったらもう、本当のポスターの写真ってことでもいいですか？」

まだ呆然とした感じだった寿美子が、突然パッと顔を輝かす。

「プレゼンはもう終わったってことでもかまいませんか？」

その言葉にみんな一瞬きょとんとしたが、

「ああ、いいよ。最高の写真が撮れることはわかってるんだし」

最高の写真――あのカメラマンって言ってた人は、本物なんだろうか。

でももし違うとしても、自分たちで撮ってもいいわけだし。あ、写真の撮り方の本借りて帰らなくちゃ。

雪音は寿美子と顔を見合わせて笑った。


その時のことを思い出すと、ついつい笑ってしまう。いや、今日のことはどれをとっても笑わずにいられない。

「お姉ちゃん、また一人で笑ってるー」

小学二年生の弟、冬樹がニコニコしながら声をあげ、雪音の隣に座った。

「何に笑ってたの？」

鋭くツッコむ春乃と違って、冬樹は優しい。

「今日、すごくいいことがあったから笑ってたの」

「そうなんだ。どんなこと？」

「うーん、まだ内緒……かな？」

「ええー、内緒なの？　どうして？」

「図書館の仕事に関係してるからだよ」

「お仕事かあ。それじゃしょうがないね」

冬樹は何て素直なんだろう。雪音は黙ってしまうことが多く、春乃は余計なことを言ってしまうタイプだ。このまま育っていってほしい、ぜひ。

それにしても、どうして姉弟《きょうだい》でこんなに違うのか……両親とも違うし……。

ん？　これ、前にも考えた？

『いったい誰に似たんだろう』

という言葉って……あたしだけじゃなく、姉弟みんな言われているのではないか？

「言えるようになったら、言ってね」

冬樹は相変わらずニコニコそう言うだけだ。これが春乃だったら、

「仕事なんて言ってもお姉ちゃん中学生じゃん！」

とか言うに違いない。そして自分だったら、

「いったいどんな仕事だろう？」

と勝手に想像して押し黙るのだ。あるいは、

「言えないなんてどうしてだろう？」

と思い悩んで、やっぱり黙る。

――あれ？

もしかして、家族の中で浮いているっていうのは、春乃も冬樹も思っていることなんだろうか？

――いや、冬樹はまだそんなこと思ってなさそうだが、ズバズバ言う春乃は見かけによらず気にしていそうだ。

両親はどうなんだろう。そんな話、一度もしたことない――ちゃんとした話って、最近してる？　したことあったっけ？

自分のことを変わった子だと思っているかって誰にも確かめたことはない。

むくむくとそんなことを——いや、いろいろなことを話したい気持ちになってきた。

違っていたって、あの人（？）に比べたら大したことないよね。いや、だってあの人だって圧倒的にかわいいだけじゃない！

それだけのことだよ……ね？

何も知らない

1

秀《しゅう》が実家へ帰ってきて、半年。

やっと気持ちが落ち着いてきた。

仕事も先月から始めている。勤務時間が不規則な工場勤めなので、昼間にポカンと時間が空いたりする。

そんな時は、通ったことのない道を自転車で走る。

ガラリと変わったり、反対にまったく変わらないところもあれば、朽ち果てたたたずまいのところもある。地方の都市に多少なりとも共通したちぐはぐな町並みには物悲しさがあった。

ここら辺は車利用者の方が多いが、車のスピードで通り抜けたらわからないことだ。

歩いている人は少ないけれど、自転車は学生が普通に使っているし、流行っているのか専用のジャージを着て乗っている人も多い。

自分は専用のではなく、さすがにただのトレーニングウェアだが、自転車自体は立派なものだ。

これはかつて弟・栄《さかえ》のものだった。

実家でずっと暮らしていた弟が去年亡くなったと知ったのは、半年前、長い放浪——失踪とも言う——から帰ってきた時だった。

「連絡先がわからないから、知らせることができなかった」

と両親から当然言われて思い浮かんだのは、自分は弟のことを何も知らない、ということだった。


途中で花を買い、墓地へ向かった。

数日前に両親も来たのか、栄の墓には花が供《そな》えられていたが、すでにしおれかけていた。

簡単に墓の掃除をし、水をかけて新しい花を供え、家から持ってきた線香を立てた。

手を合わせても、心の中には何も浮かばなかった。

どんなことを弟と話していたのだろうか。

「また、来るな」

せめて、ここに来るくらいしか、もうできることはない。

幼い頃の思い出は他愛なく、それはそれでいいものなのかもしれないが、三十代半ばを超えた今、あまりに遠くて心許《こころもと》なかった。

残されたものも少なく、それで彼の内面を探ることは、もうあきらめていた。

わかるのは、デジカメの中のわずかな画像と、つながらない電話番号が一つだけある携帯電話だけだ。


時間をつぶすには、近所の新しい図書館へ行くのもいい。

若い頃はほとんど近づかない場所だったが、仕事のない頃はよく行って、漫然と本を読んで過ごしたものだった。

とにかく片っ端から読んだものだが、印象に残った本は少ない。ただ文字を追っていただけだったからだろうか。

あの頃は、現実から逃れたくて、別の世界を求めるつもりで本を読んでいたように思う。そんなものは手に入らなかったが、本を読んでいる間は目をそらすことができた。その集中力を別のものに転換できていればよかったのだが、世の中そううまくはいかない。

生活が変わった今、再び図書館へ行くとかつての悄然《しょうぜん》とした気持ちが甦るのではないかと思ったが、そんなことはなかった。機能はほとんど変わらないけれども、利用者が都会とは違って見えるからだろうか。

最近、読書が好きになってきたのも一因だろう。図書館で借りて面白かったものは買うようにしている。そして、眠れない夜などに好きなシーンを読み返す。

都会の図書館で本を読んでいる時、

「読書にもスキルが必要だ」

という文章が目に入り、以降それを意識して読むようになった。意識といっても、それが絶えず頭にあったというだけで、実際は何かしていたわけではない。でも、小説などの物語を読むのには、本当にスキルが必要な気がする。感じ方はそれぞれ、と言ってしまえばそれだけの話だが、若い頃の自分は、「わからない」と「面白くない」を同じものだと思っていたと、この歳《とし》になって気づいたので。

その日も、夜勤の休憩時間に読む本を借りようと図書館を訪れていた。

ロビーを通った時に、それが目に入る。

弟のと同じカメラバッグ。

ソファーの上に、無造作に置かれていた。ひと気はないし、中身が入っているかどうかもわからない。一瞬、家にあるものがここに？　と思ったが、ついているストラップは違うものだ。

普通のバッグとして使っている人もいるから単なる偶然だろうが、少し驚いた。

館内を一周りしてからロビーの方をうかがうと、何やら騒がしい。バッグはまだそこにあった。

気にする必要もないのに、つい見てしまった。見たところで何かあるわけでもないのに。

あれは、単に弟のと同じバッグというだけだ。

妙に後ろ髪を引《ひ》かれながら、まだ時間があるので、コーヒーでも飲もうと図書館併設のカフェへ行く。

ここは有名なチェーン店なのだが、内装が図書館に合わせてあり、客も総じて静かで、食べ物もおいしく、とても気に入っている。

セルフサービスでコーヒーを買い、窓際の観葉植物の陰の席に腰をおろす。この時間帯は空《す》いている。

しばらく文庫本を読みながらコーヒーを飲んでいると、一つ置いたテーブルに人が座る気配がした。

最初は気にしていなかったが、

「撮影のボランティアって話で――」

という声に惹かれて、つい耳をすませてしまう。

「あたしたちはカメラ使えない――というか、使って壊したら大変だし」

「あたしたち、写真のこと何にも知らないんですよ」

そんなようなことが聞こえてきた。

観葉植物の陰から、そっと観察する。

席には、女の子が二人座っていた。一人は髪が長く二十代前半という感じで、向かい側のもう一人はおかっぱでセーラー服を着ている。多分あれは自分も通った中学の制服だろう。変わってなければだが。

テーブルの上にカメラバッグが置かれた。中からカメラが出てくる。なんと、弟のと同じもの？　いや、横目で見ているから定かではないが。

でも、カメラを出したのは誰だ？　女の子たちは二人とも、手を膝の上に置いているのだが。

女子中学生がカメラを手に取り、

「これ、どうやって持ってきたんですか!?」

誰に訊いてる？　二十代の女性に対してだとしても、そんなに驚くことか？

それに、いくらなんでも持てないほど重いものではない。現に中学生だって持っているではないか。

「まあ、ちょっとかさばりますけどね」

明らかに女性ではない声が聞こえた。

「でも、車で来たから大丈夫ですよ」

「送ってもらったんですか？」

「いいえ、自分で運転してきました」

いったい彼女たちは何の話をしているんだろう？　だいたい女の子二人しかいないのに、どうして男性の――しかも中年男の声が聞こえるのだろう。

耳をすまし、横目で見るだけだった秀は顔を上げ、しっかりと目を凝らした。

二人の女性の他に、テーブルの上にはバレーボールくらいの大きさのぶたのぬいぐるみがあった。デジカメ一眼レフの隣に。

カメラはどうも弟のものより前の世代のものらしかった。

「やっぱり自信ないですか？　写真撮るの」

「いえ……あの」

「僕が撮った方がいいですかね？」

僕？　あのぬいぐるみの鼻がもくもく動いている。薄いピンク色のぬいぐるみ。右側がそっくり返った大きな耳が動いている。目は黒いビーズだ。

とてもかわいいぬいぐるみだった。でも、自分で動くとは。

頭の中がいやに冷静になっていく。驚きと同時に、なつかしい感覚を覚えた。

「いえ、あたしたちが撮ります」

「腕はもう関係ないと思います」

女の子二人が交互に言う。撮るって何を？

「そうですか？」

「ぶたぶたさんがモデルなら、ショボいカメラでも尋常じゃない出来になると思います」

ぶたぶたさん。モデル。

それは——あのぬいぐるみの写真を撮るということか？

ぬいぐるみがコーヒーを飲んだ。すごい。自力で飲んでいる。目で見てもすごいのに、写真で撮るって……撮っていいのか？　ほんとに？

——撮りたい。

本当に、何年ぶりだろう。そう思ったのは。

心底、撮りたい。

そんなことは、もうないとまで思っていたのに。

「そうですか。そういうことならモデルになってもいいですよ」

ぬいぐるみの声がする。モデルになるだって⁉

「ほんとですか⁉　ありがとうございます！　じゃあ、さっそく撮影を――」

「ちょっと待って」

ついに声をかけてしまった。

女の子たちとぬいぐるみが、キョロキョロしている。みんなかわいかった。

観葉植物の陰から出ていくと、ぬいぐるみの黒ビーズと目が合った。

「カメラ、俺もデジタル一眼持ってますから、撮りましょうか？」

正確には自分のではなく、弟のだが。

二人の女の子が、びっくりしたような顔で同時に振り向く。

自分でもどうして声をかけたのか、わからなかった。

「せっかくモデルがいいんだから、ちゃんと撮ってあげないと」

照れ隠しのようにつけ加える。

「あの……どなたですか？」

二十代の女性が言う。

「間宮《まみや》といいます」

中学生の女の子は固まっているようだった。いけない。こんなむさくるしいおっさんがいきなり現れたんだから、もう少し説明しないとダメか。

「この図書館を利用してますから、調べてもらえばわかりますよ」

一応貸出カードを出してみる。ちゃんと運転免許証を提示して作ったものだし。

「あ、はい。あー、あの、よくご利用されてますよね……？」

二十代の女性（名札には「三宅」）の言葉によく見ると、彼女は図書館で働いている人だった。

「はい」

変なもの借りてないだろうか、と一瞬考えてしまう。うん、大丈夫。

「あの、座りませんか？」

三宅の言葉に、秀は遠慮なく座った。ぬいぐるみの正面に。

「あの……カメラって、ほんとですか？」

女子中学生が言う。

「ほんとに持ってますよ」

　商品名と型番を言うと、

「あっ、それは新しいものですね」

　とぬいぐるみの方が食いついてきた。

「そうですね。今度また新型出るそうですけど」

「えっ、あの、カメラマンの方なんですか？」

　三宅が焦ったようにたずねる。

「昔は一応プロでした」

　広告関係のカメラマンだったのだ。

「プロの方……！　あの、撮影っていっても、『ぬいぐるみおとまり会』っていうイベントのボランティアなんですけど！」

「『ぬいぐるみおとまり会』？」

「図書館で子供のぬいぐるみを預かって、読書している姿を写真に撮るんです」

「ああ、知ってます」

　外国の図書館がやってた奴。

「はい……。あ、でもそれをずっとやっていただくってことじゃなくて、宣伝のためのポスターの写真を撮っていただきたくて……でも、申し訳ないのですが撮影費は――」

「それは……失礼ですけど話を聞いていたのでわかってます」

「カメラマンさん……」

女子中学生が、驚いたままのような声でつぶやく。

「違うよ。元カメラマン」

今後もその仕事には戻りそうにない。

2

カメラマンをしていた頃は、未来のことを何も考えていなかった気がする。その日その日にやることをこなして、惰性で過ごしていた。

目が回るほど多忙だった時期もあったが、世間は不景気になり、高慢でトラブルが多かった自分は仕事を切られることが多くなっていった。

それでも生活のレベルを落とせなかったのは、自分は何とかなるとうぬぼれていたせいだろう。

いつの間にか貯金も底をつき、住んでいたマンションからも追い出された。独身で、実家とはほぼ没交渉だった。頼る人が誰もいないという状況に、その時気づいて愕然《がくぜん》となった。

これからわざわざ頭を下げて仕事をもらうというのもプライドが許さず、日本中を回って写真を撮ろうと旅に出た。

といえばかっこいいが、実際はただ東京から逃げ出しただけだ。

写真も最初の方は撮っていたが、そのうち撮らなくなり、カメラも売ってしまった。住み込みで働ける建築現場などに潜り込んだりしていたが、最終的にはホームレスのような生活になってしまった。

図書館は、その時よく行っていたのだ。

冷房も暖房もきいていて、ヒマをつぶせるという点では最適だった。清潔な時にだけ、だったが。

そこで大学時代の友人に偶然会い、説得されて実家へ帰った。彼は栄が亡くなったことを知らなかった。単純にひどい状態の秀を見かねてだったらしい。

帰ってからはかなりの修羅場だった。母はまだ涙もろく、父とは怒鳴り合いのケンカをし、親戚からも責められた。

秀がいれば栄は死ななかったかも――とは誰も言わなかったが、周囲の人間が誰もそう考えていないとは言えないだろう。

そんなことはまったく現実的ではないのだけれど。


写真の仕事はもう、やる気はなかった。工場に勤め、両親と畑で野菜を作り、ほそぼそと暮らしていければ、と思っている。

趣味としての写真にも興味が湧かなかったのに、なぜかあのポスターの写真だけは撮りたい――あのぬいぐるみが撮りたい、と思ったのだ。

いや、「なぜか」ではない。理由は明らかだ。

彼――山崎ぶたぶたは、被写体としての魅力にあふれている。「撮らないといけない」という気分にさせてくれる存在なのだ。

そんな衝動はとっくに枯渇《こかつ》したものと思っていたのに、残っているとは。

ボランティアだから仕事とは言えないけれども、もう一度カメラに触るのは、正直緊張する。しかも、使うのは弟のもので、最新型だ。

デジタル一眼も、ずいぶん使っていないから、珍しくマニュアルに目を通したりする。栄は、このカメラを買って二週間後に交通事故に遭ったという。写真に興味があったのだろうか。

弟とは六つほど歳が離れていて、秀は学校やら習い事やらで、あまり面倒を見た記憶がなく、性格や趣味も違うので仲良く遊んだ記憶もほとんどない。

はっきり言って、薄情な兄だったとは思う。自分は小学生の頃からガキ大将で、いじめっ子体質だった。弟は絵を描くのが好きで、繊細な子供だった。彼が大切にしていた本やノートを悪気もなく破いたり汚したりしていた記憶も残っている。ちゃんと謝ったかどうかもあやふやだ。

中学になってから少しグレて家にあまり戻らなかったり、高校も東京まで通ったりしたので、いわゆる兄弟らしい交流というのをしたことのない兄弟だった。粗暴な兄より優しい弟を母親がかわいがるのも当然だろう。

弟が大人になってからはほとんど会っていなかったから、法事などで会うと兄弟というより親戚のように接していた。

だから、パソコンも持っていなかった栄が、どうしてこの高いカメラを買おうとしたのか、秀にはわからない。

最低プリンターだけでもないと意味ないと思うのだが、それもない。

生きていた時は気にかけなかったのに、今は気になって仕方がない。

なんというか……そう考えるたびに、自分は最低な奴だ、と思うのだ。

3

図書館員の女性の名前は、三宅寿美子と言った。

彼女から連絡をもらい、カメラの準備をして図書館に向かう。

自分の三脚やレフ板などは処分してしまっていたが、実家から今のアパートに引っ越す時に、弟の遺品としてカメラ関係のものは全部引き取っていたから、何とかなりそうだった。

弟は長い間、フィルムの一眼レフを使っていたらしい。レンズもたくさんあった。同じメーカーのだから、デジカメでも使用できる。

フィルムも写真もきちんと整理されていた。主に旅行の時に使っていたようだ。

撮影は日曜日の閉館後。夕方五時のひと気のない図書館というのは、不思議な雰囲気だった。ちょっと学校っぽい。

寿美子と雪音が書架の奥から出てきた。手にはたくさん本を抱えている。

「あっ、今日はよろしくお願いします」

そんなに人手はいらないはずなのだが、二人の他にギャラリーがけっこういるようだ。

一番最後にやってきたのが、ぶたぶただった。無理もない。一番遠い。

でも、入ってきた時のオーラが、スターのようだった。気のせいかもしれないけど。

「持つ本はこれですか？」

カウンターにどっさり積んであるが、寿美子に訊いておく。

「はい。そうです」

「ここから選ばなきゃダメですか？」

「え？」

「いや、たくさん撮るんで、どうせならいろいろな本を持ってもらおうかな、と――」

「そうですか？　じゃあ、おすすめのがあったらお願いします！」

二人が選んだ候補の本は主に絵本や児童書が中心だった。子供向けだから当然だろう。みんな本人（？）よりも大きい。

「文庫本でもいいですか？」

大きさにバリエーションをつけたい。

「あ、じゃあ、僕も選んでいいですか？」

ぶたぶたがちょっとうれしそうな声をあげる。声だけ聞いていると、自分と同年代みたいなのだが……ぬいぐるみの歳はわからない。

二人で文庫本の棚に行く。

「よくここ利用されてるってこないだ言ってましたね」

「はい」

話しかけられると、ちょっと緊張する。

「いいですねー、ここきれいで。世界の美しい図書館にも選ばれたらしいですよ」

「へーっ、そうなんですか！」

それは知らなかった。図書館を利用しない人は「あんなもん作って」とか言っていたけれど、こういうものはやはり美しい方がいいと思う。いろいろな地域でいろいろな図書館に行ったが、美しい建物にあるたくさんの本は、心を豊かにしてくれるような気がする。気持ちの問題だが、それがけっこう大きいことも知っている。

「僕はこれにしようかな」

ぶたぶたが手にした本は『トマシーナ』というタイトルだった。猫のイラストの表紙だ。

「最近読み返したら、やっぱり面白かったので」

「読んだことないです」

「猫は好きですか?」

「好きですよ。犬も好きですけど、どっちも飼ったことはないですね」

「動物が好きなら、楽しめると思いますよ。あっ、うーん……最初の方で、このトマシーナって名前の猫が死んじゃうんですけどね」

「えっ、それってネタバレですか⁉」

「いえいえ、それが発端ですから」

秀は、時代物を選んでみた。

「あ、『御家人《ごけにん》斬九郎《ざんくろう》』。渋い選択」

ぶたぶたが目を見開くようにして言った。実際は何も変わっていないと思うが。

「これ、テレビも面白かったですよね」

「あー、知ってますか！」

あの時代劇を見てたのか。それって何だかうれしい。

「ぶ厚いものを持つ、というのもギャップがさらにあって面白いかも」

さらに、わざわざそんなチャレンジをしようとするぶたぶた。

「たとえばどんなのですか？」

「えーと……よりギャップがありそうなもの……岩波文庫に思えて、実は創元推理の『月長石《げっちょうせき》』とか」

「うわっ、字が小さい！」

古い版の文庫が、そろそろつらくなるお年頃――とはまだ思いたくない。ぶたぶたは平気なのだろうか。

「読んだことないですよ」

「実は僕もありません。やっぱりちょっと手が疲れるんですよね」

そういう問題じゃないだろ、とツッコミつつ、この人でも読んだことないものあるんだ、と思う。

あまりたくさん選んでも大変なので、適当なところで切り上げてカウンターのところへ戻る。

「じゃあ、とりあえず一枚撮ってみますか」

ワクワクしながら見守る人たちが注視する中、ぶたぶたは特に緊張した様子もなく自然に本を読む。

本当にぬいぐるみを写真に撮るとしたら、ちょっと工夫しないといけないだろう。テグス等でポーズを固定したりするものだが、今は画像ソフトで写りこんだ余計なものを簡単に消せる。

だからこそ何も気にせず撮れるというのは素晴らしい。そのかわり、少し照明に気をつけるとか、画面構成にちょっと凝るとか——要するに、思い描いたまま好きに撮れるということだ。

「ぶたぶたさん、手を上げてください」

「ちょっとうつむいて」

と、ぬいぐるみに口で指示できるなんて、夢にも思わなかった。

『月長石』も問題なく持てるではないか。ツッコむべきところなんだろうが、持てることの方が今は重要だ。

また、図書館が新しくてきれいなので、撮りがいがある。あちこちで様々なポーズ、シチュエーションを決めて、どんどん撮っていった。

画質にもよるが、メモリーカードを替える必要はほぼない。自分のパソコンに取り込んで、画像をチェックしてから渡すつもりなので、寿美子たちがあとで困ることもないだろうし。

寿美子と雪音は、始終熱っぽい目で撮影を見守り、小道具をテキパキと用意したり片づけたりしていた。

途中で彼女たちに声をかける。

「撮ったの、見ますか？」

「はい、見せてください！」

きゃーっ！　という声が聞こえそうな勢いで、女の子二人が駆け寄ってくる。何だか自分がモテている気分だが、本当の手柄はぶたぶただ。

「か、かわいい……！」

「かわいいですよねっ」

二人ともなぜか赤い顔をしてとても喜んでいる。寿美子はちょっと大きいが、雪音くらいの子は結婚していたらいたかもしれない。

別の人生では、栄も生きていたのかも――。

「僕も見ていいですか？」

ハッと顔を上げると、ぶたぶたがすぐそばにやってきていた。

「はい、どうぞ」

「ぶたぶたさん、かわいく撮れてますよ！」

周りのギャラリーも見たくてウズウズしているらしい。でも彼らは後回しだ。

ぶたぶたは小さなモニターをのぞきこみ、

「思ったとおりに撮れてます？」

指さしているつもりなのか濃いピンク色の布が貼られたひづめ？　を突き出して秀にたずねる。まさか自分で「かわいい」とは言わないだろう、とは思ったが、具体的な感想はなかった。

「撮れてますよ」

隣で二人がうんうんとうなずいている。動きがシンクロしていて面白い。姉妹のようだが、顔は全然違う。

「こんな感じでいいですか？」

ぶたぶたが二人にたずねる。

「表情をどんなふうにとか、具体案があるなら言ってください」

「そんな！　充分ですよ！」

「間宮さんはどう思います？」

「いや、そのままでいいです。それが一番ですよ」

「ほんとそうです！」

二人の女の子の声がそろう。気分はアイドル発掘だ。ぬいぐるみだけど。中身はおっさんだけど。

撮影は順調に続き、八時前にはだいたい終わった。

もうずいぶん長いことカメラマンとしての仕事をやっていなかったので、これが早いのか遅いのかわからなかった。ただ、気持ちよく撮れたことは間違いない。久しぶりにすっきりした気分になった。

撮影はあまり人がいても仕方なかったが、片づけはみんな手伝ってくれた。

「ああ、待って！　それ借ります！」

『トマシーナ』を持っていこうとした寿美子を呼び止める。

「それ、ぶたぶたさんのおすすめだから、借りてみます」

「えっ！　そうなんですか⁉　じゃああたしも借りよう——じゃなくて、買おうかな……。雪音ちゃん！」

寿美子は、本を戻しに行こうとしていた雪音を呼び止めて、『トマシーナ』のことを教えてあげる。

「他のおすすめの本ってありますか？」

雪音がまだワクワクしているような声でぶたぶたにたずねた。

「うーんと、おすすめっていうか——ここにある絵本、ほとんど読んでるよ。みんな面白いよね」

「えっ、そうなんですか⁉　絵本が好きなんですか？」

見た目のイメージではそうだが。

「好きでもあるけど、子供に読んであげたりするんで」

――なんか一瞬、時間が止まった。あ、でも、

「幼稚園とかでですか？」

「いいえ、うちの子供たちに」

うちの子供？

今度は本格的に時が止まったような。

「……子供――さんがいらっしゃるんですか？」

寿美子は呆然としながらも、礼儀正しく言う。

「はい」

「えっ、えっ!?」

雪音が混乱しているような声をあげている。

「あのっ、じゃ、じゃあ――！」

「まあ、私生活はいいんじゃない？」

多少うわずりながら、そう言ってみる。その実、聞きたくてしょうがない。雪音が続

けようとしたこと——はわからないが、秀が訊きたかったのはつまり、

「妻子持ちなのか？」

ということ。それで、

「はい」

と返事をされた時の自分の気持ちをあまり考えたくない。それに、言ったことには本音も入っていた。

「あ、そ、そうですね。自分が今、私生活のことを訊かれたくないからだ。初対面も同然なのに、根掘り葉掘り訊くのは失礼だもの……」

寿美子がとても残念そうに言う。彼女にも何か訊かれたくないことでもあるのか？それとも単に大人だから我慢したのか。

雪音もそれ以上は何も言わなかった。ぶたぶた本人は——点目なのでよくわからないが、特に気にしている様子はなさそうだ。

「あの、カメラ見せてもらってもいいですか？」

「あ、はい、どうぞ」

「自分で見てもかまいません？」

こんな重いものを持たせて大丈夫か？

大丈夫かどうか知りたくて、手渡す。

「新しいのだと、いろいろ機能変わってるんですよね」

大丈夫だった。重そうだが、床に傾けてちゃんとモニターをのぞいている。

そういえば、彼が持っているのはこのカメラの旧型だ。手慣れた様子で設定メニューなどを出している。

「らしいですね」

一応そう答えたが、自分が使っていたデジタル一眼は別メーカーのだった。

「画像も見ていいですか？」

「もちろん」

ぶたぶたはさかのぼって画像を見ながら、

「おお、何だか自分じゃないみたい」

と言う。どこがどうとはうまく言えないが、そのセリフがおかしくてたまらない。

笑いをこらえながら片づけを続けていると、

「あ……！」

驚いたような声があがった。

「どうしました？」

「あ、いえ。ごめんなさい、関係ない画像見ちゃったみたいで」

「かまいませんよ」

このカメラに残っている他の画像は、弟の残したものだった。三枚の——三枚だけの画像。亡くなる一日前に撮られたものだった。

「これ、見憶えある……」

そうつぶやいたぶたぶたの言葉を、秀は聞き逃さなかった。

「ほんとですか？」

「え？　あ、これ木、ですよね？」

そこには、大きな木が写っていた。遠くからと高台からと木の下から撮ったらしい画像だ。

住宅街にニョッキリと一本だけ生えている木の画像だけ。謎といえば謎だが、栄はなぜこんなものを撮ったのだろう。

「ここ……どこなんですか？」

そうたずねてから、カッと身体が熱くなったような気がした。

「いや……憶えがあるだけで……どこだとは明確には言えないんですが。場所を知ってるのか、画像を見た憶えがあるってだけなのか、よくわからないです」

申し訳なさそうな声でぶたぶたは言う。

「でも、ちょっと変わった木ですね」

そう、確かに変わっている。見た時、クスッと笑ってしまいそうな。

次の日に、撮った人間が死んだとは思えないほどに。

4

この画像は、両親も友人たちも見憶えがないらしい。

弟は真面目だが元々無口で、ここ数年は両親とはあまりしゃべらなかったと聞いた。険悪になっていたわけではなく、単に口数が少ないので、いつの間にかそうなっていただけらしい。

だから交友関係についても把握しておらず、突然亡くなって知人へ連絡する時、だいぶ苦労したそうだ。

まず、手帳や住所録の類を持っておらず、家にあったノートなどには仕事に関することしか書きつけていなかった。パソコンも会社では普通に使っていたが、自分では所有しておらず、会社のパソコンのデータは、当然仕事に関することばかり。真面目を絵に描いたように、私的にはいっさい利用していなかった。

残りは携帯電話のみだが、これにはロックがかかっていた。それをはずすには死亡診断書等の書類をそろえて解約するしかなかったらしい。

当然、その携帯電話から連絡はできなくなり、電話帳の中には実家の電話からかけても出ない番号があった。

知らない番号からの電話には出ないという人もいるだろう。他の知人から連絡をしてもらったので、電話帳に載っていたほとんどの人に知らせることはできたが、一人だけ連絡のつかない女性がいた。

栄につきあっていた女性がいたかどうか、両親も知らない。この女性名の人がそういう関係なのかもわからない。

それを言うなら、亡くなった当日、弟がなぜその場所にいたのかもわかっていなかった。両親も友人たちも、

「出勤前に散歩をしていたんじゃないか」

という結論に達したらしい。家からも駅からも遠く離れた場所で、彼は信号無視の車にはねられたのだ。

半年前、家に帰った時にこの話を聞いた時、誰も何も知らないなんてありうるのだろうか、と思った。だが、そんな自分だって知っていることは何もない。

そんな曖昧《あいまい》な結論を出して納得せざるを得ない状況だったのだ。

だって、知ったからって栄は帰ってこない。

知っていれば、死なずにすんだのかも、というのは考えても詮《せん》ないことだ。


「今日はどうもありがとうございました」

図書館前に出てから、寿美子と雪音が改めて頭を下げる。二人ともとても満足そうだ。

「画像はあとで調整して、お渡ししますね」

図書館のパソコンにも読み込ませておいた。バックアップをとっておいてくれるそうだ。

「それじゃ、失礼します」

雪音の父が車で迎えに来たので、二人はそれに乗って帰っていった。

仕事ならば打ち上げだの何だのとあったりするのだろうが、そういうこともなく、ぶたぶたと二人で残された。

「あの、このあと予定ありますか？」

秀はぶたぶたにたずねる。

「いえ、特には。家に帰るだけですけど」

「あの……ちょっとどこかに寄って行きませんか？」

「いいですよ」

あっさりと承知してくれた。普通の男性だと、次に必ず訊くことをこの人にはためらうが、一応言ってみよう。

「酒は飲めます？」

「はい、好きですよ」

これまたあっさり。好きなのか……。好きっていうか、飲むのか。飲めるのか？

「じゃあ、ちょっと飲みに行きますか？」

「いいですね。今日は車じゃないので」

そうだっけ、この人、車に乗れるのだ。それにも驚くが、飲めるというのがうれしそうなのがまた……。

ということで、おでんのおいしい店へ行くことにした。練り物問屋がやっている小さな店だ。外には立ち飲みスペースもある。そこは昼間も開いているので、子供が食べに来る。

いつもは立ち飲みでさっと飲んで帰るのだが、ぶたぶたにはつらい高さだろうと思って、奥の座敷に座る。日曜日なので空いていた。

「何飲みますか？」

「えーと……最初はやっぱりビールですかね。あとで多分、日本酒飲むと思いますが」

ぶたぶたは、座布団を三枚重ねて座っていた。おでん屋の大将が目を丸くして見ている。

女将が何か言いたくてウズウズしているようだが、口をつぐんで生ビールの大ジョッキとお通しの小鉢を持ってきた。

仕事帰りのように二人で乾杯して、ビールを飲む。

ぶたぶたは抱えるようにしてジョッキを持ち、いい飲みっぷりを見せた。「ごっごっ」と音がするかと思うくらい。

「あーっ、おいしいですね」

こんなにおいしそうに飲む人、初めて見た。人じゃないし、仕草はぬいぐるみとしての制約があるが、人としか思えなかった。

「あ、しかもお通しおいしい」

「ここの自家製塩辛ですよ」

きゅうりと和《あ》えただけだが、イカが新鮮で柔らかいのだ。

その柔らかいイカときゅうりを箸で器用につまみ、鼻の下のあたりにぱふっと突っ込む。ぎゅうぎゅうと押されて消えていく、という表現が一番合っているかもしれない。

「ああ……もう日本酒がほしくなってきました」

こんなにおいしそうに──愛《め》でるように塩辛を食べる人も初めて見た。他のものもみんなおいしいので、おでんを食べさせるのが楽しみだ。

「おっちゃん、おでんは適当に持ってきて。食べられないものとか特に食べたいものはありますか?」

「何でも食べられます。定番ものはとりあえず食べたいですね。一番おすすめは何ですか?」

鼻の先がもくもく動くのを凝視していた大将が、はっと我に返る。

「は、はんぺんかな?」

これも自家製で、大きくて食感がふわふわしている。煮るのはほんの数分なので、注文しないと食べられない。

「じゃあ、それ追加で。よろしく」

大将はあわててはんぺんをおでん鍋の中に入れ、他の具を選び始める。

「おでん以外のものもイケますよ」

そう言うと、ぶたぶたの目がキラキラしたように見えた。

これまた適当に持ってきてくれるように言って、本題に入る。

「あの……さっきの画像、見たことあるって言ってましたね?」

「ああ、木のですね。ええ、多分ですけど……」

「どこだかわかるってことですか？」

「うーん、というより、画像そのものを見た気がするんですね」

「どういうことですか？」

「それが思い出せないというか、多分ネットか……あるいはテレビか」

「まったく同じ画像だったんですか？」

「あ、そうか。場所は同じでも、アングルとかが違うかもしれませんよね」

彼の記憶はあまり鮮明ではないらしい。

「あの画像は間宮さんが撮られたものじゃないんですか？」

「あれは弟が撮ったものです。カメラも元々弟のなんですが」

「そうなんですか。弟さんにはたずねられたんですか？」

そうだ、普通はそう訊くだろう。画像のことを知りたい一心で誘ってしまったことを後悔した。

「いえ……弟は、死にました」

その言葉に、空気が重くなったのを感じた。おでんが煮えるくつくつという音が響く。

大将たちは気づいていないようなので、まだよかった。

「――そうですか。それは、お気の毒です……」

しょぼんとした顔で、ぶたぶたが言う。何だかとてもかわいそうに見えて、しかもかわいくて――なぜか笑いがこみあげてきた。

「もうだいぶ前のことですから」

「いつ頃ですか？」

「一年前なんです。交通事故で、あっけなく」

本当に「打ちどころが悪かった」としか言えない死に方だった。

気まずい沈黙を打ち破るように、女将が料理を並べ始めた。

おでんは、大根、はんぺん、つみれ、玉子、こんにゃく、ちくわぶなど。

「あとでまた持ってくるからね」

「ありがとう」

他にも刺し身や焼き物など、定番のつまみが並んだ。

「冷めないうちに食べてください」

「あ、はい。ありがとうございます。じゃあ、はんぺんをいただいてもいいですか？」

「どうぞどうぞ」

真っ白でふんわり大きいはんぺんを、器用に半分に割り、ぱくつく。ぎゅっと小さくなったはんぺんが、もぐもぐとぬいぐるみの中に入っていく。

パンヤ――という言葉が浮かんだ。

「おお……このふわふわ感が煮込んで消えてしまうのは惜しいですね」

表面にうっすらと味がしみる程度で、充分おいしいのだ。

「マシュマロやメレンゲみたいな口当たりだ――」

独り言のようにぶたぶたは言う。そういう単語の方がこのぬいぐるみにはふさわしそうだが、生地のくたびれた色合いがこの古い小さなおでん屋にも似合う。

「で、あの、画像のことなんですけど――」

秀は話を戻した。

「はい」

ビールを飲んでいたぶたぶたが、居住まいを正した。むりやり短い足を折って正座をすると、さらにちんまりする。

「何とかどこで見たか思い出していただきたいんです」

「間宮さんにはどこだかわからないんですね？」

「はい。というより、弟の生活のことは誰もわからなくて」

「親御さんは——」

「健在です。でも、両親も知らないんです」

「他のご家族は？」

「弟は独身で、両親と同居していました。仕事もしてましたし、友人もいましたが、それ以外のつきあいがわからなくて」

他の家庭もこんなものなんだろうか。うちは、別に冷たいというわけではなく、ごく普通の家庭だと思っていたが。

でも、そこを自分は十八の時に出ていって、半年前までほとんど帰らなかった。それは、なぜだ？

弟の口数は、なぜ少なかったのか。

なぜ、なぜ、なぜ——答えのない疑問が頭をぐるぐる回る。

「……みやさん、間宮さん」

ぶたぶたの呼びかけにはっとなる。

「ああ、すみません……」

「大丈夫ですか？」

「はい……」

と答えたものの、あまり大丈夫とは言えなかった。

何だか自分の中に溜まっているものが吹き出してきそうだった。出口を求めてうごめいているようで、怖かった。

「どこで画像を見つけたか、調べておきますよ」

ぶたぶたは大根を二つに割りながら、そう言った。

「あ、ありがとうございます……」

「これ、すごくしみてますね。おいしそう――」

そう言いながら、半分の大根を取り皿に載せて、秀の前に置いた。

「日本酒を頼んでもいいですか？」

いつの間にかビールを飲み干したぶたぶたが言う。

「はい。俺もそうします」

秀は残ったビールを一気に飲み干した。いつもよりも苦く感じた。

ぶたぶたと別れたあと、秀は実家近くのアパートへ歩いて帰った。

気が向いた時に実家へ顔を出す。玄関先で、

「元気？」

「元気だよ」

みたいな会話をして、帰るだけだ。両親ともに機械に弱く、携帯電話は電話機能しか使えない。電話だと話が長くなるので、直接会う方が楽なのだ。

顔を出す頻度は適当だが、疲れている時ほど行くことにしている。それは、「帰って寝たい」というのを辞する言い訳にできるからだ。長くいると「実家に戻れ」と言われて、話が堂々巡りになるから。

今日は疲れていたが、実家に寄る気は起こらなかった。

いろいろ考えたかったが、すぐに気持ちがそれてしまう。

ぶたぶたからの連絡が欲しかった。あの画像が何なのかわかれば、少なくともそれを考えることはできる。

そうだ。画像を取り込んでおかねば。

パソコンを立ち上げ、カメラを接続した。今日撮った写真が、どんどん取り込まれていく。

ぶたぶたの表情は本当に豊かで、見ているうちに笑みがこぼれてきた。

笑うことを意識したのは、久しぶりだ。ここに帰って一人で暮らし始めて、初めて「孤独」という言葉を理解したように思う。

というより、初めて自分が孤独であると理解した——と言えるかもしれない。

5

数日後、ぶたぶたから電話が来た。

画像がどこで撮られたものかわかったというのだ。

「どうしてわかったんですか?」

「画像を見たのがネットだって思い出したんで、ブラウザの履歴を調べたんです」

「え、一つ一つ遡《さかのぼ》ったんですか?」

「そうです。それ以外思いつかなかったんで」

いや、そうかもしれないし、確かに地道で確実だが、やたら時間がかかることではないか。

「すみません、そこまでしていただいて。時間かかったでしょう？」

「いえ、少しずつたどっただけです」

「でも、そんなに昔のは残ってないですよね……」

「そうですね。うちのは一ヶ月くらいしか残ってませんでした。でも、たどっていくうちにいろいろ思い出してきて、リンクやブログなんかのアーカイブたどっていって見つけたんです」

どっちにしろ手間のかかる作業なのに……。

「ありがとうございます……」

「いえいえ、僕も気になったんです。実際に見たことがあったようにも思ったんで」

「近所だったんですか？」

「そうですね。でも、今のところじゃなくて、以前住んでたところの近所だったんです。駅が改築したので気づかなかったんですが。

あの、手元にネットにつながるパソコンはありますか？」

「はい」

「じゃあ、検索してみてください――」

秀はぶたぶたが言うとおりの語句の画像を検索してみた。

すると、栄のデジカメに入っていたものと同じような大きな木がそびえ立つ画像が出てきた。

「同じようなアングルが多いのは、駅のホームから撮ったものらしいんです。以前の駅からだと撮れなかったそうなんですが、最近高架の工事が終わったら、こんなふうに見えるようになったって、どこかのブログに書いてありましたけど」

「割と有名なものなんですか？」

「有名かどうかはわかりませんが、通りかかれば写真を撮りたくなるかもしれませんね」

そうかもしれない。何でこんな住宅街にポツンと立っているのか。これだけしか木がないみたいに。

「都の名木になってるらしいんですが、それは僕も今回初めて知りました」

どうしてこんな写真を栄は撮ったんだろうか。東京だし、この町からはだいぶ離れている。

「どうもありがとうございます。わざわざ調べていただいて」

「いいえ。お役に立てたのならいいんですけど」

より謎が深まっただけだったが、ありがたかった。この写真のことを気にしているのは、自分だけのようだったから。

でも、それは彼が死んだ時の衝撃を味わっていないからかもしれない。かといって、まだ生きているような気がする――とは思えなかった。

ずっと続いているようなのだ。離れている状態が。


実家に戻った時は、事前に知らせなかった。玄関の鍵を持っているわけではないので、誰もいなければまた放浪していたかもしれない。

「お前は今までどこに……!?」

父の声は震えていた。若ければ殴られていただろう。会わないうちにずいぶんとやせて弱々しくなった。

「栄が死んだ時、お前がいてくれたらよかったのに……」

母が呆然とした顔でそう言う。

「栄が死んだ……？」

聞き間違いかと思った。

「そうだ。栄は車に轢《ひ》かれて死んだんだ」

父は震える声を抑えるように、小さな声で言った。

「いつ……？」

「半年前……」

母のつぶやきも、聞き取れないくらいだった。

嘘だろう、というのが正直な気持ちだった。自分にとって栄は、死から一番遠い人間だった。

そのあと、どんな話をしたか、よく憶えていない。何も言葉が出てこず、ひきずられるように仏壇の前へ行き、手を合わせた。

弟がどんなふうに死んだのかをくわしく話してくれたのは、伯母だった。一歩引いて見ていたからだろう。

　思い出すのがつらい、という感情はわかっているつもりだった。それなりの修羅場をくぐってきたのだから。

　だが、本当につらい思い出というのは、その出来事自体がつらいのではなく、それに対して自分がどう考えているのか、つかめないことだ。感情を整理できないので、棚上げするしかない。たまにのぞいてどうにかしようとするが、やはり手をつけられず、そのまま放置するしかない。

　そして、結局は自分のことを考えてしまう。それが一番つらいのだ。

　死んだ人のことだけでなく自分のことを考えるのなんて、生きているから当たり前なのに、つらい。

　何もできなかったからって、それでいいのか？

　結局、そこへ戻っていくから。


　次の休日に、写真に写っていた木がある街へ行ってみた。

　自分の住んでいるところより多少住宅が密集しているという点以外変わらない、ごく普通の住宅街だ。どうも近所にここら辺の氏神《うじがみ》を祀《まつ》る神社があり、そのご神木だったらしい。

つまり、昔この辺はみんな神社の敷地だったということか。ご神木だけ残して他の木を切ってしまい、住宅地にあてたのだろうか。

くわしいことはネット検索だけではわからなかったし、それを追求しようとも思わないが。

とにかく、栄はこの木の写真を三枚残していた、ということだ。

探しても、他の記録メディアは出て来なかったので、写真は多分この三枚しかない。

昨日、両親にこの木のことと場所について話したが、そんなところは知らないと言っていた。プリントした写真をもう一度見せたのだが、やはり何のひっかかりもないようだ。

改めて栄の部屋に残された荷物を調べてみると、パソコンのチラシやカタログが出てきた。だいたい一年くらい前のものだった。もしかして、カメラのために購入予定だったのかもしれない。

秀が知る限り、親や親戚関係になじみのある場所ではない。友人たちにも確かめようかと思ったが、そこまではしなかった。

ただ、一人だけ確かめたいと思う人はいる。連絡のつかなかった女性の友人だ。電話をしてみようか、と今でも考えることはある。けれど、かけて出なかったらまたかけて、それで出なかったら——とループしてしまいそうで怖い。相手にも迷惑だ。

本当に何もかも知りたければ、もっと熱心になっているだろう。だが実際の自分は弟の友人たちに連絡を取ることも億劫《おっくう》がる。だいたい自分の友人にも連絡を取らないというのに。

何においても無気力になっている、とも言える。だから、ここまで来ることも自分としては珍しい。

もしかして例の電話番号の女性が、ここら辺に住んでいるのではないか、弟はその人と会った時にこの写真を撮ったのではないか——と思って探そうとしていたのだが、そんな気力は残っていなかった。

ひと休みして、帰ろう。

駅前の喫茶店へ入り、ブレンドコーヒーを注文して、ほっとため息をつく。持ってきた『トマシーナ』を開いて、続きを読む。まだ本当に最初の方で、ぶたぶたから電話がかかってきた時、話をしたくてもできなかった。

彼が言ったとおり、最初の方で獣医の娘の愛猫《あいびょう》が死んでしまう。面白かったら、感想のメールでも送ろうかと思いながら、読み進める。

三時間後、秀はまだ喫茶店にいた。

ぶたぶたを待っていた。彼はこちらに向かっている。

『トマシーナ』は、一匹の猫の死から派生した人間同士の再生の物語だ。ストーリーも面白かったが、秀は主人公の一人であるマクデューイの存在に打ちのめされていた。

獣医なのに動物を愛さず、娘を傷つけ、自分の運命を定めた神を憎む。打ちのめされたのは、彼と自分が似ているからではない。彼には怒りがあり、自分にはないからだった。

自分が漠然と抱えていた気持ちはこれだった。

悲しみのあるなしより、家族を奪われたことに怒りを抱かない自分への戸惑いだ。

自分には、喪失感がない。

それは、元から奪われるものなどないと思っていたからなのか？

だったら自分には、何もないことになる。

ぶたぶたへの感想メールを書いていたら、次第にそんなことばかり頭に浮かんできて

——どんどん感想とは関係ないことばかり書いてしまった。

送信する前に気がついて、消そうとしたけれど……指が震えて消せなかった。

今ここで消してしまったら、自分の気持ちがまたなくなってしまう、と思ったのかもしれない。

結局、迷った末にメールをそのままぶたぶたに送ってしまった。そのあとに、我に返る。なんと迷惑なものを送ってしまったのか、と。

読まないで捨ててくれ、とメールを出そうかどうしようかとまた迷っていると、ぶたぶたから返事が来た。

「まだ喫茶店にいますか？」

送ったメールの冒頭には、駅前の喫茶店にいる、と書いていた。

「まだいるなら、これから行きます。久しぶりにあそこのコーヒーが飲みたいです。三十分もかからないです」

その返事に、秀は、

「まだいます」

と返事をしてしまった。迷惑をさらにかけて、と思ったが、無性にぶたぶたに会いたかった。

6

「こんにちは。間宮さん」

優しい声に顔を上げると、ぶたぶたの点目と目が合った。

「こんにちは。わざわざすみません、ぶたぶたさん」

「いいえー、ここのマスターにも近々来るって約束してたし」

「おー、ぶたぶたさん！　久しぶり！」

ヒゲのマスターがメニューを持ってやってきた。

「引っ越して以来だねー、うれしいよー」

「来る来る詐欺でごめんね」

「いやいや、忙しいのは知ってるから。今日来てもらったのでご飯三杯は食べられるよー」

陽気なマスターは、注文も訊かずに戻っていった。

「注文は？」

「いや、ここで頼むものはいつも決まってるんです。といっても、今日のコーヒーなんですが」

奥の席の方が騒がしくなり、みんな身を乗り出しぶたぶたに会釈を送る。

「ここは昔からの常連さんが多いんです」

うん、何というか、昭和っぽい。禁煙でも分煙でもなく、煙草の臭いが店内に染みついていた。

「ここに来るとちょっと身体が煙草臭くなるんですが、コーヒーはとってもおいしいので、よく来てたんです」

ぶたぶたが声をひそめて言う。なるほど、服ではなく身体そのものに臭いがつくのか。

「そういう臭いはどうやって落とすんですか？」

「まあ、風呂に入ればだいたい落ちますよ」

風呂に……。

泡立てられて洗われているというか、スポンジ代わりにされているところしか想像できない。

「そうじゃなきゃ、ファブリーズですね」

「ファブ……」

バカみたいにくり返しそうになる。

「最近、妻がスチームクリーナーを買ってきたんですが、あれでも落ちますね」

「それって……あっつい蒸気が出る奴ですよね？」

よくテレビショッピングでやっている。

「そうです」

「熱くないですか？」

「熱いですよ。でも、乾燥機にもたまに入りますしね。脱水機よりはいいです」

何でもないことのように話す。

これが彼の日常なのか。こんな人と暮らしていたら、あるいは身近にいたら、退屈しないだろうな。

「はい、今日のコーヒー。コロンビアだよ」

マスターがコーヒーを持ってくる。なぜか秀の前にも置いた。

「ぶたぶたさんのお友だちにもサービスです」

「あ、すみません……」

「ごゆっくり〜」

長居しているのだが、よかったのだろうか……。

恐縮しながらコロンビアを飲む。ブレンドもおいしかったが、こちらの方が香りが強く、味わいが深い。

まあ、そういう気がするだけだが。

「間宮さんは煙草は吸わないんですね」

「昔吸ってましたが、肺炎をやってからは吸わなくなりました」

すごく忙しい頃だった。怪しい連中が周囲をうろついており、身体を壊さなかったらきっとクスリ等にも手を出していただろう。

その時にもっと自重していれば、きっとこんなふうになっていなかっただろうな……。

いや、そんな思い出に浸るヒマはない。ぶたぶたがせっかく来てくれたんだから。

「すみません、心配していただいて」

「いえいえ、僕が勝手に来ただけですから」

「無理に来たわけじゃないですよね？」

「はい。家で昼寝していたので」

ぶたぶたは、寝る時目を閉じるのだろうか？　ついそんなことを考えてしまう。

「ああ、でも起こしてしまったんですね」

「いや、そんなにお気になさらず……。ほんとにここには顔を出そうと思っていたので」

自分でもなかなか本題に行けないと思っているのだ。はっきり言って恥ずかしい。

「あのう、メールに書いてあったことなんですが」

しびれを切らしたのか、ぶたぶたから話を振ってくれた。

「弟さんの電話帳で、一人だけ連絡できない人を探そうと思ったって書いてありましたけど」

そんなことまで書いていたか。

「いや……探さないといけない気がして。というか、普通探すもんじゃないかと」

「小説なら、そうでしょうけど」

そう言われて、ちょっと冷静になる。亡くなった弟の電話帳に記された謎の女性を探すよりも、目の前のぬいぐるみの方がずっと小説っぽいと。

自分がツッコミなら「お前が言うな！」と言わねばならないのか。

なんか……よくできたコントのようだ。

そう思うと何だかツボに入って、笑わずにいられなかった。肩が震える。

「あ、ど、どうしたんですか⁉」

あ、もしかして泣いていると思われたかな？

「笑ってるんです、すみません――」

ぶたぶたがほっとしたような顔をした。

声を殺しながらも思う存分笑って、ようやく秀は顔を上げた。

「大丈夫ですか？」

「はい。すみません、いきなり笑ってしまって」

「あ、慣れてますんで、平気です」

そう言われて、今度はショックを受けてしまった。そんなことに慣れてしまうなんて……。

このぬいぐるみには、心揺さぶられるばかりだ。

「え、どうしました？」

笑ったり泣いたり、不惑の四十《しじゅう》にも近いのに、全然ダメだな、俺は。

「すみません……。ほんとすみません。ぶたぶたさん」

泣き笑いになりながら、秀は言った。

「本当にその女の人を見つけてみようと思いました。少しつきあってもらえますか？」


木がある場所にぶたぶたを案内する。

「おおー、そうだ。電車の中からなら見たことありましたよ。こんな近くで見るのは初めてです」

小さい身体をぎゅーっと思いっきり伸ばして、上を見上げている。

「でも、思ったよりも大きくない気がしますね」

「そうですね。遠くからの方が一本だけ目立つから大きく見えるのかもしれません。ここまで来ると、家がけっこう近いから、比べるとそうでもないなって思っちゃいます」

大きいとは思うが、あの画像ほどのインパクトはないのだ。

ネットで調べた神社との関係を話すと、

「ああ、なるほど。よく見ると、しめ縄もありますね」

本当だ。幹に対して細すぎて、わからなかった。ボロボロで茶色くなっている。目がいいなあ。ビーズなのに。どういう構造になっているのだろう。

「で、その女性の名前は何ですか？」

栄の携帯電話を充電して持ってきていた。

「ちょっと珍しい名字――ですかね？」

「知り合いにはいません」

「僕もです」

デジカメに残された画像の一枚は駅のホームから、もう一枚は今、秀とぶたぶたのいるあたりからなので、あと一枚の場所を探してみる。

特徴のある枝ぶりと屋根の形や色から探すと、割とすぐ見つかった。

ところが、そこで思いもかけないことがわかる。

7

「続きは明日」

「嘘ーっ、何でそこでやめるんですか！」

寿美子と雪音の声は、相変わらずよくそろう。

「いや、それは冗談」

三人は図書館奥の事務室で「ぬいぐるみおとまり会」に関するチラシを作っていた。

結局、秀はおとまり会の写真のボランティアをやることになった。そのかわり、事務室のパソコンに高スペックな画像処理ソフトを入れてもらう。これだと作業がぐんと楽になるから。

そのせいか、図書館からよくこういうチラシ作製なども頼まれるようになった。少しだが手間賃も払ってくれる。パートで来ないかと誘われてもいる。

図書館の写真を撮るのは楽しい。最近は、他の写真も撮るようになった。空とか、山とか、花とか、動物とか。

これから子供たちのぬいぐるみを撮るのが楽しみだった。ぶたぶたほどのはなかなかいないだろうが、みなそれぞれに個性的だろう。

「それで、どうなったんですか⁉」

雪音が焦《じ》れたように言う。

「そうですよ！　教えてください、間宮さん！」

「わかったわかった。そこに行ったら、その名字の家がうじゃうじゃあったんだよ」

「え？　ちょっと珍しい名字だって言ってませんでした？」

「そうだよ。でも、行けども行けどもその名字の家とかマンションとかアパートばかりなんだよ」

二人はちょっと沈黙して、

「嘘だー！」

「だまされませんよ！」

と騒いだが、これが本当だから怖い。たまに違う家ももちろんあるのだが、ほとんどが同じ名字だったのだ。


「これってどういうことなんですか⁉」

みんな同じ顔の人がぞろぞろ出てきたような気味悪さを覚える。

でも、ぶたぶたは冷静だった。

「そういえば、前住んでいたマンションの近くには、この名字と同じスーパーがありました。支店もいくつかあるような」

「違う地域にもある名字なんですか？」

「違うといっても大して離れてませんよ。駅の向こう側です」

え、もしかしてずっとつながってる……？　鉄道会社に土地を売っているのか貸しているのか……。

「ここら辺は住宅街の道が狭くて、けっこうくねっているでしょ？」

そのとおりだ。散歩するにはいいかもしれないが、車だとちょっと大変。

「こういうのって、元田んぼだったところなんですって。道が狭いのは、元あぜ道のなごりだそうで」

「じゃあ……もしかしてここらの大地主ってことですか？」

「そうですね、多分」

名字の違うところは売ってしまった土地なんだろうか。それにしたって広すぎる……。

しかも電話帳の女性と同姓同名が記されている表札を二つ見つけた。

「何で親戚なのに、同じ名前つけてるんですか⁉」

「お嫁さんかもしれませんね。そうなるつもりはなくても」

「……ああ、なるほど」

名字は珍しくても、名前は普通だった。

これは……どう推理すればいいのだろう。この同姓同名の人のどちらかが、栄の電話帳に載っていた女性なのだろうか。

それとも、まだ同じ名前の人がいたりして。

たずねて訊いてみれば、多分それで終わりだ。そうだとしても、そうでなくても。

寿美子と雪音には肝心なところは省いて、

「謎の写真の場所をぶたぶたさんと探したら、周辺に同じ名字の家がたくさんあった」

ということだけを話した。

ぶたぶたとはその時以来の飲み友だちになった。

今度は寿美子も連れていくと約束している。ああ見えて成人なので。

「いいなー、早く大人になりたい……」

雪音がため息をつく。

「でも、車で来る時は一緒にお茶すればいいじゃない」

「お酒を飲めるっていうのがうらやましいんです。普段言えないことも言えるっていうじゃないですか」

そうかもしれないが、そうとも限らない。

秀はあのメールについて、酔っても言うことができない。触れないようにしているのか、ぶたぶたからも話が出ない。

ただ彼は、こう言った。

「何もかも解決してしまえば終わるものばかりではないってことですよ」

これは、あの日結局何も確かめず、そのまま飲みに突入した時に聞いたことだ。

「小説みたいにうまくいかないものですね」

と秀が言うと、そう返事をした。

「解決するには、俺はヘタレでした」

同姓同名の女性にたずねる勇気もなかったのだ。

訊けば、一応の区切りがついたかもしれない。たとえふりだしに戻るだけだったとしても。

でも、それで忘れてしまうことが怖かった。

栄のことを憶えているために、何かにすがりたかった。

弟のことは何も知らなかった。でも、それだけ彼は自分に謎を残した——とでも言いたいのか。

そんな身勝手な理屈はとても口には出せなかった。

それでも、いつも思っているだけ、マシなんだろうか。

これがあるから、忘れない、と。

でも、多分ずっとそうだったのだ。

栄がどう思うかわからないのだけは、残念だけれど。


「『トマシーナ』読みましたよ」

雪音の声に、秀は顔を上げる。

「面白かったでしょ？」

寿美子が言う。

「うん、猫がかわいかったです。偉そうだったところが特に。ああいう猫ほしい。子供と猫の組み合わせって好きなんです」

「あたしはやっぱりローリだな。ああいう生活してみたい」

みんな感じ方がそれぞれだな、と思う。寿美子の「ああいう生活してみたい」というのは何となくわかる。

ローリというのは、森の中で一人で暮らしている女性で、村人には〝魔女〟と恐れられている。でも、彼女はそれなりに幸せだったはず。

放浪している間、あんなふうに暮らせるものなら暮らしたかった。

今でもそう思っている部分はある。でも自分は、弱い。

強くなりたいとは思わない。ぶたぶたのような柔らかさが欲しい。どんな衝撃も吸収してしまうような。

彼は、心もやっぱり柔らかいのだろうか。

「できた！」

寿美子が完成したポスターをロビーに貼り、拍手をされている。

「ありがとうございます！」

ぶたぶたの大きな写真がドーンと真ん中にあるポスターはインパクト抜群だ。読んでいるのは、絵本の『こんとあき』。

あとで読ませてもらったが、ぶたぶたのことを知っていると笑わずにはいられない話だ。表紙からしてそのままではないか。

「間宮さんも雪音ちゃんも、協力していただいてありがとうございます」

結局、デザインも秀が手伝った。雪音に画像ソフトの使い方を教えてあげたが、なかなか筋がいい。写真も素直なものを撮る。中学生は吸収が早いな。

「今度、外でぶたぶたさんの撮影とかできたらいいですねえ……」

寿美子がうっとりと言う。おとまり会の趣旨から完全にはずれているが、それは楽しそうだ。

使わなかったぶたぶたの写真もいろいろなところに貼りだしてくれている。すでにひそかな話題になっているそうだ。

「あー、それならぶたぶたさんをあたしも撮れるなあ……」

と雪音もうっとり。

季節ごとに写真を替えても面白いかも、とモデルそっちのけで二人が盛り上がる。

彼女たちを、帰りに寄った本屋でも見かけた。

「できたら、最初のおとまり会にあたしの姪《めい》っ子のぬいぐるみを招きたいの」

寿美子の声が聞こえた。

「姪っ子がずっとやってみたいって言ってたんだもん」

「そうだったんですか。喜んでくれるといいですね」

ぶたぶたもかわいいが、彼女たちもとてもかわいい。命はいつか失うものという実感がなくても、愛《いと》おしむ力を持つ。

まぶしい、と秀は思った。


図書館までは、栄の自転車で来ていた。

本屋に寄ってから、また墓地へ向かう。

やはり途中で花を買い、墓の掃除をし、しおれた花を取り替える。

手を合わせた時、自然に言葉が浮かんできた。

『今までわからなかったことが、少しずつわかってきたよ』

目を閉じたまま、言葉が浮かばなくなるまでじっとしていた。


『俺はお前を失ったことを悲しんだり、怒ったりすることが、いつかできるんだろうか』

『お前の失ったものと比べものにならないけど』

『俺には、ないものがたくさんある』


そこで、言葉は止まった。

生きているうちに、こうやって栄と話さなかったことが悔やまれる。ちゃんと話をするというのは、簡単なようで難しい。

死は必ず訪れるものだと、みんなわかっているのに。

「突然だったから」としか言えない自分がくやしい。

くやしい――か。

何か感情が生まれているのか、それとも儚《はかな》いものなのか。

これからも栄に報告していこう。そこにあいつがいなくても、自分が生きていることを嚙《か》みしめるために。

ママとぬいぐるみのともだち

1

今日も美帆《みほ》は一人で遊んでいる。

一人で、何やらぬいぐるみを抱っこしてぼんやりしているのが遊びならば。

「美帆ちゃん、おとなしい〜。手がかからなくていい子だね」

とよく言われるけれども、彩子《あやこ》はあまりうれしくない。

娘の美帆は、何をするのもゆっくりで、言われたことをすぐに忘れる。聞いているようで聞いていないことが多い。生返事をしているというのが丸わかりの時もある。

小学一年生になって、少しはしっかりしてくるかと思ったが、全然変わらない。

これでも、幼稚園に入る前は頭のいい子だと思っていたのだ。ちょっと文字を教えたらすぐに絵本が読めるようになったし、簡単な漢字や英単語なども憶えた。しゃべりも早く達者で、大人顔負けの言葉づかいだった。

さっそく塾などに通わせたりしたが、どうも集団生活になじめないようで、本人の集中力が続かない。マイペースでしか物事を進められないし、興味も移り気なのだ。

心配して、小さいうちに一応医学的ないろいろな検査もしてみた。でも、何もなし。ごく普通の健康な子供と言われた。

つまり、彼女の行動は個性なのだ。

個性ではしょうがないが、それを母親である自分がうまく受け止められないというのは、いったいどうしたものだろう。

たとえば、不器用ということで彩子の中で処理しているが、めんどうくさいことには徹底的に手を抜くのも気になる。

児童館で絵や工作などをやっている時に見ているとよくわかる。下手なのではなく、適当にやっているのだ。他の子はいっしょうけんめいやっているのに、美帆だけ飽きているのではないかと思えて仕方がない。

「どうしていっしょうけんめいやらないの？」

とたずねると、

「え？　やってるよ？」

と言う。適当にやっている自覚がないようなのだ。それもまたマイペースということなのか……。

「あんまり気にしてもしょうがないよ～」

と友だちや母親には言われる。自分と美帆、どちらのペースに合わせようとしても、無理なのだと。

頭ではわかっている。多分そのとおりだ。だが、それを鷹揚《おうよう》に受け入れることができない。なまじ幼稚園前の言葉の早さを知っているから、いいのは国語だけ、理数系がひどく、他のはまあまあ、そして全体的には平均——という成績には正直がっかりしてしまって、きつく叱りつけてしまう。

叱るだけでなく、読書や好きなゲーム、ぬいぐるみに話しかけることへの集中力の半分でも他の勉強に分けられないかと工夫して誘導しようとするのだが、うまくいかない。

本好きなのはいいことだとわかりながらも、読みすぎて他のことを忘れてしまうのは困る。

「平均なら、いいじゃないか」

「読まないよりはいいよ」

という夫の言葉にも一理あると思うのだが、モヤモヤした気分は消えない。

運動が苦手というか、まったく興味を持たないのも彩子からすると信じられなかった。自分が運動好きで、ソフトボールをやっていたから、きっと娘もそんな子なんだろう、と単純に思っていた。一緒にスポーツを楽しめたら、と。

ところが、美帆はインドア系の子供だった。

「俺も小さな頃はそんな感じだったよ」

と夫は言う。それは知らなかった。「高校の時はバスケ部」と聞いていたので、小さい頃から体育会系と勘違いしていたらしい。

インドア系のくせに、おしゃれにも興味を持たない。彩子が買ってくるかわいい服を着るには着るが、普段は男の子のようなシンプルな服ばかり好む。

彩子が想像していた〝女の子〟というのとは、だいぶ違う。

そういう幻想がなくなったのはかえってよかったかもしれないが、そのかわりどう接したらいいのか、と常に悩み続けている。

何年悩んでもわからないままなのだ。自分の娘なのに。

特に、想像の世界にひきこもっているのではないか、と考えると、悩むよりも怖くなってくる。自分の考えの及ばないところへは行かないでほしいのに。

だが、それを伝えようとしても無理なのだろう。伝えないで止める方法も見つからないというか、それを考えるヒマもない。

2

イライラがたまると、実家へ遊びに行って、妹の寿美子に美帆を託す。

寿美子は美帆と仲がいい。母親の自分よりも娘のことをよくわかっているように見える。

妹と自分は、ごく普通の姉妹だった。少し歳は離れているが、小さい頃はよく面倒を見て、一緒に遊んだ。服や化粧品の貸し借りもしていた。顔もよく似ている。

だが、当然性格は違う。

寿美子と美帆が話しているのを聞いていると、娘の態度が自分に対する時とずいぶん違う気がする。多分、寿美子と美帆の性格が似通っているからだろう。

二人は叔母と姪というより、歳の離れた姉妹のようだ。美帆が本当に妹だったら、と思うことがある。母親としての責任や心配で、時折押しつぶされそうになることがあるから。

妹ならば異質なところにそんなに目が行かないはずだ。寿美子に対しては大らかに接せられたのだから。それを思い出して叱ったりするのを抑えようとするのだが……。

なぜ娘だと、うまくいかないのだろう。

「お姉ちゃん、今度、図書館で『ぬいぐるみおとまり会』やるんだ」

ある晩、寿美子から電話がかかってきた。

妹の職場は、新しい市立中央図書館だ。司書になるために大学へ入って資格をとり、就職した。

「担当はあたしなの。人が少ないと困るから、美帆に参加してもらいたいんだ」

寿美子はその企画の説明を熱心にしてくれた。自分でやる初めての企画だそうで、ポスターの撮影やデザインにも全部関わったそうだ。

念願の職につけてがんばっている妹を応援してあげたい。

「直接美帆に言ったら？」

「そしたら、頼んでるみたいじゃない」

あの子は寿美子のことが好きだ。「すうちゃん、すうちゃん」と慕《した》っている。だから、それだけで参加しようと思うかもしれない。

「じゃあ、あたしから美帆に訊いてみる」

「うん。お願い」

ぬいぐるみが大好きなので、多分美帆は「やりたい」と言うだろう。

「すうちゃんが勤めてる図書館で、今度『ぬいぐるみおとまり会』っていうのをやるんだって。どう？　やってみる？」

説明してそう言うと、美帆はしばらく考え込んだように黙っていた。

この沈黙にじれじれしてしまう。これも娘の個性だとわかっているのに。

「うーん……いいや」

イライラと考えていたので、美帆の返事を聞き逃しそうになった。

「え?」

「すうちゃんには悪いけど、やらない」

「えっ、どうして!?」

あんなにあのぬいぐるみを大切にしているのに!

「……いいの。やらないってすうちゃんに言っといて」

娘がこう言うと、もうどうにも言葉を引き出せない。

彼女はまだ小さく、語彙《ごい》も少ないから、言いたいことをちゃんと言うことができない、と頭ではわかっている。わかっているが、何とか答えを引き出したくて、いつも深追いをしてしまう。そうなると娘は黙るか泣くかのどちらかにしかならない。

いつもそうなのだから、次にはもっと気をつけて——と思いながら、いざその時になると忘れてしまうのはなぜなんだろうか。

反省が足りないのか。自分のやっていることは正しいのかと常に不安だ。

でも、そのあと娘が、何もなかったようにごはんをニコニコしながら食べていたりするのを見ると、複雑な気分になる。思ったほどダメージがないのか、それとも全然気にしていないのか——どちらにしても、気持ちは落ち着かない。

冷静にゆったり話そうと思ってもどうしてもうまくいかないのはなぜなんだろうか。

美帆自身はいい子の部類に入るだろう。激しい癇癪《かんしやく》もないし、人様に迷惑をかけるようなわがままも言わない。食べ物の好き嫌いは多少あるが健康だし、寝つきも寝起きもよく、夜更《よふ》かしはしない（というかできない）。

自分の考えていることは、悩みのうちに入るんだろうか、とも思う。いつの間にか何に悩んでいたのか忘れてしまうこともあるから。

忘れてはいけないものを忘れていたら——と、それも考えた時には不安だが、また忘れて——のくり返し。

日々は飛ぶように過ぎていく。自分と娘の時間の流れ方が違うというのだけはよくわかる。

答えをすぐに出す、あるいは知らないと気がすまないタイプだった彩子は、常にこういうモヤモヤした状態に慣れないまま、七年がたっていた。

「すう、ごめん。美帆、行かないって」

そう伝えると、電話口の妹はしばらく沈黙した。

「えっ、ほんと⁉」

「ほんとだよ」

「嘘……。どうして？」

「どうしてって言われても……」

「美帆を電話に出せる？」

「うん、ちょっと待って」

電話を美帆に渡すと、「うん」とか「わかった」とか具体的な内容はよくわからない会話をしていた。

美帆は話し終わると、受話器を彩子に渡した。

「やっぱり、おとまり会、やる」

そう言って、二階の自分の部屋に行ってしまう。

「寿美子？　何言ったの？　むりやりすすめたの？」

「そんなことしてないよ」

ムッとした声がした。

買い物したあと、彩子は美帆に声をかける。

「どこか寄りたいところ、ある？」

「図書館に行きたい。すうちゃんに行くって約束したの」

「いいよ」

ぬいぐるみおとまり会の申し込みもしなければならないし。

新しい図書館は、清潔な匂いがした。実は、古い図書館の匂いが、彩子は苦手だった。本と何か様々な匂いが混じっている。雨の日なんか最悪だと思うのだ。

「あ、これだ！」

美帆が壁を指さす。

そこには、ぶたのぬいぐるみが本を読んでいる写真が使われたポスターがあった。真ん中の大きな写真の他に、小さく周囲にちりばめられている様々なポーズがかわいらしく、とても生き生きしていた。

どうやってこんなポーズをつけたのだろう、と思うようなものもある。まあ、パソコンで加工すれば、こういうのも簡単なのだろうが。

「かわいいね」

「そうね」

「すうちゃん、いろんな人と一緒に作ったんだって」

「そうなんだ。電話で言ってた？」

「うん」

美帆はポスターをじっと見つめていた。

「コンコ、見える？」

学校に行く時以外は、いつもバッグに入れているきつねのぬいぐるみコンコに話しかける。

「かわいいねえ、このぶたさん」

「……美帆。そろそろ行くよ」

「かわいい……」

こうなると美帆の気がすむまで放っておくしかない。話しかけても、気づかない時があるのだ。叱ってむりやり連れていくくらいしかできない。

寿美子だと、適当に話を合わせて気持ちをそらすことができる。彩子にはそれができないのだ。

自分がこういうことをしない子供だったから、うまく対処できなかった。

「美帆！」

寿美子の声がする。

美帆が即座に振り向く。そういう態度の違いが、彩子には気になる。

「すうちゃん！」

娘が寿美子に駆け寄る。

「おとまり会の申し込みに来たよ」

「ありがとう〜。じゃあ、こちらにいらしてください」

「はいっ」

丁寧な言葉づかいにお姉さんになった気分でいるらしい。

「申込書に名前と電話番号を書いて、貸出カードと一緒に提出してください」

「はい、わかりました」

美帆はカウンター脇の椅子に座って、ひらがなで名前を書いた。

「ありがとうございます。ぬいぐるみのお名前をお聞きしますね。何てお名前でしょう?」

「この子はコンコといいます」

美帆はバッグからぬいぐるみを出して笑った。

「はい、コンコちゃんですね。コンコちゃん、こんにちは。一晩図書館にお泊まりでよろしいですか?」

「はい。よろしくお願いします」

美帆はそう言うと、コンコにペコリとお辞儀をさせた。

ごく自然に二人はそういうやりとりをする。寿美子も美帆もごっこ遊びとかが大好きで、すぐに役に入り込めるのだ。彩子はそういう遊びが小さな頃から苦手だった。

「お泊まりの際、何枚か写真を撮らせていただきますが、かまいませんか?」

「はい、かまいません」

ついに美帆が笑い出した。弾《はじ》けたような声だ。

何だかため息が出てくる。

「じゃあ、これがご案内のパンフレットですから、お母さんに読んでもらってね」

「わかったー。ママ、はい、これ」

美帆が差し出す手作り小冊子を受け取る。

「お姉ちゃん、ありがとう」

お礼を言われるのはどうなのか。最初彩子が誘った時は、断っていたのだし。自分で美帆を説得したんじゃないのか？

「この日にコンコちゃんを連れてきてね」

「うん！」

帰り道、美帆は上機嫌だった。

「コンコちゃん、何読むかなあ」

「何読むんだろうねえ」

「絵本かな？」

「絵本、好きそうだよね」

ぬいぐるみが好きな本を読んでいたり、本の整理をしたりしているところを写真に撮って、絵ハガキやアルバムにしてくれるのだそうだ。

そんなサービス、自分の小さい頃はなかったな。あってもやっていたかどうか……。

毎日外で遊ぶ方が好きだったから。

そういうことが好きな子も、今は昔のように気軽には遊べないけど。

「ママはやらないの？」

「え？」

美帆の問いかけにハッとする。

「何を？」

「おとまり会。ママもやればいいのに」

「子供じゃないとできないんだよ」

「そうなのかなあ……」

寿美子の企画だと考えると、いつか大人もできるようになるのだろう。自分が一番やりたがっているはず。

「ママは、コンコちゃんとおしゃべりしないね」

どうもそういうのは気恥ずかしい。

「コンコは美帆のものだからね」

「うーん……コンコは美帆の友だちだよ」

そういう気持ちがわからないではないが、そういうことばかり考えないでほしい。でも、それをうまく伝えられない。

娘が納得するような言い方が思いつかず、

「そうだね」

としか言えないのだ。

それは子供に対する嘘になるのか。

傷つけないように、と思って会話をしていると、本当に疲れる。傷ついてすぐに泣いたり、怒ったりするような子なら彩子でもわかるかもしれないが、静かにためこむ美帆のような子は本当に恐ろしい。

知らない間に傷つけていたらどうしよう、と身構え、でも甘やかしては、と思って厳しくしてしまう。

母としてまったく成長している気がしなかった。彩子は、もう少しであきらめそうになっていた。

3

土曜日、突然休日出勤になった夫を見送り、予定していた買い物も明日になった。美帆は楽しみにしていた映画に行けず、ちょっとふてくされ気味だった。

「おばあちゃんちに行こうか」

こういう時は実家へ行くのが楽だ。母と寿美子が美帆の相手をしてくれる。

実家までは車で十五分ほど。母が一人で家にいた。

「すう、今日休みじゃないの？」

「そうだけど、お友だちを連れてくるって言って、迎えに行ってるの」

美帆は、さっそく食卓に載ったクッキーを食べている。

「お母さん、また新作？」

「そう。ホロホロの食感に挑戦してみたけど、理想通りにできなくて」

食べてみるが、普通においしい。

「ちゃんとしてると思うけど？」

「なんか違うのよねー」

この料理上手な母に、ちゃんと教わったのが彩子で、作ってもらうばかりだったのが寿美子だった。あの子はお嫁に行けるんだろうか……。

「お友だちって大学の？」

「ううん、図書館関係の人だって」

「そうなんだ」

クッキーを好きなだけ食べた美帆は、庭に出て父自慢の花壇をながめている。コンコに花の名前を教えているらしい。

わからない花の名前は、適当につけている。おじいちゃんに教えてもらいなさいって言ってるのに。

「お父さんは？」

「伯父さんとこに行ったの。お見舞い」

「あー、なんか来い来い言ってたみたいだね」

「病院が遠いから、一人で行ってくるって」

母と二人でお茶を飲んでいると、

「ただいまー」

玄関から寿美子の声が響いた。

「お母さーん、お連れしたよー」

「はいはい」

母のあとについていくと、寿美子は一人だった。

「あれ？　友だち連れてきたんじゃないの？」

「あ、お姉ちゃん、来てたんだ。いるよ、お友だち。山崎ぶたぶたさん」

「山崎なにさん？　いないじゃない。何で――」

寿美子の視線の先には、ぶたのぬいぐるみが立っていた。

それは、あの「ぬいぐるみおとまり会」のポスターとそっくりだった。大きさがとてもよくわかる。バレーボールくらいだ。突き出た鼻、右側がそっくり返った耳、桜色の毛並み。

「こんにちは。山崎といいます」

声が中年男性のぶたのぬいぐるみが、ペコリと柔らかく身体を折り曲げる。

「まあ！　この人、もしかして山崎ぶたぶたさん⁉」

当然のように母が叫んだ。

「そうだよ」

「まあ、どうして急に！」

「今日、突然ヒマになったから、誘ったの。お父さんも遅そうだし」

二人の会話についていけない……。どうして母も知っているようなことを——という
か、あのぬいぐるみがなぜここに!? 自分で動いてるし！

ＣＧじゃなかったのか……。

「すみません、突然お邪魔して」

「いえいえ、いつか来ていただこうとは思ってましたけど。まー、もっとちゃんと掃除
しとけばよかったー」

「平気だよ、全然」

「何もしないあんたに言われたくありません！」

母にきっとにらまれ、寿美子が小さくなる。

「あー！」

いつの間にか美帆が玄関に来ていた。

「あのぶたさん……」

「こんにちは」

「こ、こんにちは！　コンコもこんにちは！」

「コンコちゃん、こんにちは」

こんにちは多すぎるし、このシュールな絵面《えづら》に頭がクラクラしてきた。片方は普通のぬいぐるみ。片方はしゃべるぬいぐるみ。

しかもおじさん。

いやいや、バカな。

「こんと似てるね！」

「ああ、『こんとあき』のこんね」

「親戚⁉」

「違うよ。こんは絵本の中のきつねだからね」

はっはっはと低音で笑うぬいぐるみ。よく考えると、すごいセリフを言い放ったな。

「何の関係もないの？」

「うん、ないよ」

「そうなんだあ……」

　美帆は超残念そうな顔になる。

「じゃあ、どうして今日はここに来たの？」

「今日は、美帆ちゃんのおばあちゃんにクッキーの作り方を教わりに来たんです」

「まあ！　早く言ってよ、すうちゃん！　用意してないよ！」

　母がばたばたと奥に入っていく。

「あ、ぶたぶたさん、娘たちと適当にゆっくりしてて。何でも食べて――」

　遠ざかりながらそう言った。

「さっ、上がって、ぶたぶたさん」

「あ、どうも。お邪魔します」

「スリッパどうぞ！」

　美帆がいそいそとスリッパを並べるが、あまり必要ないのではないか……。

　でも、一応履くらしい。

　寿美子と美帆は躊躇《ちゅうちょ》なくぬいぐるみを居間に連れていってしまうので、ついていかざるをえない。

「突然来たのは、やっぱり迷惑だったんじゃないの？」

「次いつ時間がとれるかわからなかったから、焦っちゃったんです、ごめんなさい」

「まあ、休みも不規則だと都合を合わせるのは大変だよね……」

しかも父がいない。今頃いたら、大騒ぎだろう。悪い人ではないが、ちょっとめんどくさいのだ、父。

「ぶたぶたさん、美帆より小さいね」

美帆がキラキラした目で言い放つ。

「そうだね。でも不自由はしてないよ」

「美帆も不自由してないよ」

こういう物言いがおませで口が達者と言われ、つい期待をしてしまったところなのだ。

そのあとも、二人は楽しく会話していた。

彩子は、自分の劣等感を刺激された気がした。美帆が小さい頃、達者な言動に面白がるどころか驚き引いてしまい、うまく会話ができなかったことも多々あった。美帆は幼児なのだし、それにちゃんと答えてあげられない自分が情けなかった。

居間で一緒に座っているのが気まずくて、お茶をいれに台所へ行く。

母が食料貯蔵庫から小麦粉を出していた。

「そんなに作るの!?」

「ううん、なんか出してたら期限切れのとかも見つかって――」

いらない小麦粉を片づけてから、お菓子作りの用具などを出す。

「すうちゃんてば、前もって言っといてくれたらよかったのに……」

「迷惑?」

「いや、迷惑じゃないわよ。ぶたぶたさんにレシピ教えるのは楽しみにしてたし」

母のクッキーやタルトのレシピは、若い頃職場に研修で来ていたアメリカ人から教わったものだ。お母さんがイギリス人だったその女性は、自分なりにアレンジを加えて作りやすくし、友だちになった人に教えてあげていた。母もそのレシピメモをもらったのだ。

「それにしても、どうしてお菓子のレシピなんて――」

「どうしてなのかしら? 聞いてなかったわ」

なんとのんきな。まあ、あの顔では悪用はしなさそうだけど――って、見た目だけで判断したくない。

「でも、似合うじゃない？　あんなにかわいくてお菓子作るなんて」

確かにあんなかわいらしい外見でクッキーやビスケットを作っていたら、そりゃあ子供に大モテだ。女の子にだって受けるだろう。

はっ、そういう魂胆《こんたん》なのかも！　モテるため――「モテ」という言葉はあまり似つかわしくないけど。

その「モテ」をさらに変な方向に利用したら――美帆が危ないではないか。

急いでお茶をいれて居間へ戻る。

三人は和気あいあいと談笑していた。寿美子が勝手に焼いてあるお菓子を出して、ぬいぐるみに食べさせまくっている。

長方形状のクッキーが、ぬいぐるみのあごのところにサクサクと飲み込まれていく様は壮観だ。食べている……何でも食べられるのか？

美帆が食べられたら大変だ！

「これは……ショートブレッドですね」

彩子の心中などおかまいなしに、三人の話は進む。

「なんか失敗したって言ってたけど」

「おばあちゃんねえ、太らないようなそれを作りたいって言ってた」

「太らないようにって……無理じゃないかな？」

寿美子があきらめたように言う。ショートブレッドは、バターと砂糖を小麦粉で固めたようなものなのだ。食感が軽いので、気がつくと恐ろしい量を食べてしまうことがある。どれだけバターと砂糖を使ったか考えると、青ざめるほど。

「おいしいけどカロリー低めで、食感もサクサクホロホロしてるのを作りたかったんですって」

「あー、食感での満足度も高いお菓子ですもんね」

食感……歯があるのか……。怖い。

「でも、それはなかなか難しそうなチャレンジですね」

「違うものになっちゃうんだって！」

美帆、ちゃんと仲間に入れている。

「お待たせしました！　さあ、どうぞどうぞ」

母が居間に道具や材料を運んできた。ここで作るらしく、床にレジャーシートまで敷き始めた。

「これが、お菓子のレシピです」

ボロボロのノートを差し出す。うわあ。寿美子、パソコンでちゃんと清書してあげればいいのに。

「おお、歴史がある！」

喜んでいるみたいだが。

「あっ、失敗したショートブレッド……！」

母が泣きそうな顔になる。

「何でも食べていいって言ったでしょ？」

「でもそれ、理想の味になってないの……」

「おいしいですけど」

「おいしくても、違うんです」

母はなかなか頑固《がんこ》だ。自分も……そうかもしれない。美帆は――マイペースというのはどうなんだろう？

寿美子は父似だ。

「レシピ教えるだけじゃつまらないと思って、何か作ろうかと」

母が、美帆も一緒に作れる簡単クッキーのレシピを説明し始めた。

バターを使わないとか、電子レンジで作るとか、簡単なのにもいろいろあるけど、やっぱりバター入れて、せめてオーブントースターくらい使った方がおいしいのよね……。

などと考えているうちに、四人は彩子を抜きにしてクッキーを作り始めてしまった。

どうしてあたしに声をかけないの？

なぜ？　どうしてそんな——ぬいぐるみと仲良くクッキーなんか作っているの？

どうして美帆は、あんなに笑っているの？

あんな……あんな、変なぬいぐるみに！

その時、突然思い出した。すっくと立ち上がる。

「お姉ちゃん？　大丈夫？」

寿美子の呼びかけにも答えず、二階の納戸《なんど》へ駆け込んだ。

中をひっくり返すこと五分。ようやくそれが見つかった。手芸好きの寿美子が、まだ上手でない頃に作ったもの。

「何探してんの、お姉ちゃん……ああ！　何でそんなもの発掘してんの⁉」

彩子は、その小さな手芸品を持って、階下のぬいぐるみのところへ戻った。

「あんたこそ、『うろんな客』よ！」

そして、さっき発掘した小さなぬいぐるみ？　を印籠《いんろう》のように突きつける。

「やめて〜、それ出来がひどいから〜」

寿美子がもぎ取ろうとしたが、かろうじて死守する。

「このぬいぐるみと同じなのよ！」

「それ、ぬいぐるみじゃないから！　ただのフェルトのマスコットだから！」

「おお、ゴーリーですね」

ぬいぐるみののんきな声が響く。

「中学の頃に作ったから、ものすごくショボいの〜」

「中学の頃に『うろんな客』のあのキャラを作ろうとする方がすごいですよ」

「……知ってるの？」

彩子はびっくりして、ちょっと冷静になる。

「知ってますよ。あ、けっこうよくできてるじゃないですか。ちゃんとしましまのマフラーしてるし、靴もコンバースになってる」

「見せてー、見せてえー！」

美帆が大騒ぎしているので、ほこりだらけのマスコットを渡すと、何だか爆笑している。

「これ何、ママ？」

「これ？　これはねえ――」

どう説明したものか。

「『うろんな客』って絵本の登場キャラ」

「うろんな……きゃく？　うろん……うろんな――」

美帆のツボに入ったのか、ずっとうろんうろんくり返しながら笑っている。しかし、突然ハッとした顔になる。

「絵本！　絵本なの？　見せて見せて！」

寿美子が自分の部屋からその絵本を取ってきた。元は彩子が買ったもので、結婚した時に寿美子にあげたのだ。

作者のエドワード・ゴーリーは絵にも話にもクセがあるが、この『うろんな客』に関しては読みやすい。

文章が短歌調なので、美帆にはよくわからなかったようだが、絵はとても気に入ったようだ。かつてないほど受けている。

「ママ、これって何の動物?」

うろんな客は黒いペンギンのような姿をしているが、ペンギンではない。

「うーん、なんだろう……」

「うろんちゃん?」

「うろんちゃんね……」

昔はそんなふうに寿美子と言っていたな。

「ぶたぶたさんと同じ?」

それでは、さっきの彩子と同じようなことではないか。

「ぬいぐるみなの?」

「ぬいぐるみとはちょっと違うかなあ……」

「なんだろう……?」

美帆がうーんと考え始めた。こうなるとしばらく帰ってこない。

「ぶたぶたさん、これって動物なんですか?」

寿美子がたずねる。それを直接訊くというのもすごいと思うが。

「作品の意味としては、子供の比喩《ひゆ》だってことだよね。あとがきに書いてある」

ぶたぶたのその言葉に、彩子はハッとなる。

「でも、僕は猫なんじゃないかと思うよ。ゴーリーって猫好きだったらしいから」

「あー、友だちの家の猫は、こうやってドアの前に寝っ転がって、またがないと通れないって友だちが文句言ってました。そう言われると猫っぽいかも――」

「あのー」

控えめに母が口を出す。

「クッキー、焼いちゃってもいい？」

いつの間にかオーブンの天パンにきれいに並べられている。

「いいと思うよ」

寿美子の返事に、母がにっこり笑っていそいそと台所へ戻っていった。

「さっきはびっくりしたわー。いつも物静かなお姉ちゃんがあんなに怒ったから」

ぶたぶたが帰ったあと、焼いたクッキーをパリパリ食べながら、母が言う。

彩子は何も言わなかった。

「クッキー作ろうとした時は、声かけてもぼんやりしてたのに」

「そうだったの……？」

「そうだよ。目を開けたまま寝てるのかと思ったよ」

そんなこと、あるわけなかろう。

「それが突然起きだしてガーッて納戸探ってさ。もうどうかしちゃったかと思ったよ」

『うろんな客』を思いついた時点で、身体が勝手に動いたのだ。

「なんか疲れた……」

「今日泊まってけば？」

寿美子が言うが、

「ダメだよ、パパが帰ってくるもん」

自分はともかく、夫は美帆がいなかったら淋しがるだろう。ごはんも作ってあげないと、ちゃんと食べないで寝てしまう。

「お姉ちゃんもそんなに無理しなくてていいのに」

母が何気なく言った言葉が、何だかひっかかる。

「別に無理なんてしてないよ。当たり前のことでしょ？　お母さんだってやってきたんだもん」

一応専業主婦だし。

「美帆も小学生になったんだから、仕事でもすれば？」

「そうだよー。せっかく資格持ってるんだから、もったいないよ」

「うん……もう少したったらね」

もう少したって、母親として自信が持てたら。

でも、それはいつになるんだろうか。

4

次の日曜日、また夫が休日出勤になった。

あまりにも働き過ぎているような気がして、ちょっと不安になる。自分が働いて家計を助ければ、夫も休めるだろうか……。

そわそわして、何も手につかずにいたら、寿美子から電話がかかってきた。

「お姉ちゃん、キャンプ行かない？」

「キャンプ？　いつ？」

「今日」

またそんないきなり……。

「日帰りのキャンプなんだ」

そんな趣味、あったっけ？

「大げさなものじゃないよ。キャンプ場でお昼食べるだけで帰るんだもん」

「それってキャンプなの？」

「うーん……正確には『野外ランチの会』って感じ？」

ますますわからない。寿美子はあまり料理が得意ではないのに。

「本当はあと二人来る予定だったんだけど、昨日急に都合が悪くなって。中止にしようとも思ったんだけど、食材をもう買っちゃったって言うし、キャンプ場にもキャンセル料払わなくちゃだから、できたら美帆とお姉ちゃんが来てくれたらうれしいな」

狙ったように電話してきたな。夫が働いているのに、遊びに行くのは忍びないが、家でぐじぐじ考えているよりはマシかもしれない。

「料金は割り勘だけど、あたしと一緒の車で行けばいいし。何も持ってかなくてもいいよ」

　美帆がとことこやってくる。

「ねー、すうちゃんからの電話じゃない？　なんて言ってるの？」

「すうちゃん、今日のお昼をキャンプ場で食べませんかって」

「外でごはん食べるの？」

「そう」

「行きたい！」

　美帆の返事はわかっていた。

「ママ、行きたいよー！」

　キャンプは学生時代に少しやったことがあるが、結婚してからは縁がなかった。

「食事の支度とか、手伝うんでしょう？」

　女子は結局、食事の支度で忙殺されてしまうのにうんざりして、やんわりと誘いを断った記憶がある。

「手伝う程度はね。大丈夫、料理はぶたぶたさんがやるから」

あのうろんなぬいぐるみがっ⁉　嘘でしょ⁉

「できるの……？」

「できるよ！　超おいしいから誘ったんだよ」

本当だろうか。

「ていうか、この間のあの状況で誘っていいわけ？」

謝るつもりは実はないが、あの態度はひどかった、と反省はしている。

「ぶたぶたさんは気にしてなかったみたいだよ」

それこそ本当だろうか。ああいう顔して腹黒いとか、あるかも。

でもその反面、キャンプは美帆にまださせたことがなかったから、こういう軽いものを経験させたいとも思う。

泊まりじゃないなら、気が楽だ。今のオートキャンプ場にはシャワーやお風呂、温泉もあるそうだが、そこまでしたらキャンプと言えるのだろうか？

「美帆が行ってもかまわないの？」

「うん、大丈夫だよ。遊んでくれる子供もいるし」

それなら安心だ。

「じゃあ、行くよ」

そう答えると、後ろで美帆が踊っている。変な歌も歌っている。

「これから迎えに行くよ。目的地まで二時間くらいだから」

電話を切ったあと、支度をしている最中も、美帆はすごくはしゃいでいた。

「ママ、楽しみだね！」

「そうだね」

本当に何も持っていかなくてもいいんだろうか。といっても、この時間では何も作れないし、そのまま持っていけるものも思いつかない。野菜とか。肉はちょっと不安だ。

そうだ！　夫の実家が送ってきたリンゴがあった！

リンゴを選んでいる間に、寿美子がやってくる。適当にビニール袋へ入れて、あわてて戸締りを確認する。

「すうちゃん、おはよう！」

美帆はもう外に出ていた。

「おはよう、お腹空いてる？」

「もう空いてるー」

「じゃあ、さっそく行こうか！」

寿美子の運転で、オートキャンプ場へ向かう。大きな川沿いにある有名なところだそうだ。

少しだけ渋滞に巻き込まれたが、それほど時間のロスはなく、ほぼ予定どおりにキャンプ場についた。

すでにゲート付近が混み合っている。お昼も近いので、煙やいい匂いが漂ってきた。

「あー、お腹空いたー！」

朝ごはんを普通に食べたくせに、美帆は言う。何かに夢中になると食事も忘れてしまうのに。

そういう彩子も車に乗っていただけなのに、お腹が減ってきた。外で食べるごはんがおいしいというのには、同意する。

予約したエリアに入り、寿美子はちょっと車を停めて窓から外を見た。

「あ、いた！　おはようございまーす！」

寿美子は急いで車を所定の場所に移動した。エリアの真ん中に白いミニバンが停《と》まっている。ハッチバックが開いていて、コンロと日除《ひよ》けテントが置かれていた。

「わーい！」

女の子二人が駆け寄ってくる。一人は中学生くらい、もう一人は美帆と同じくらいだろうか。よく似ているから姉妹かな。

「こんにちは、寿美子さん！」

二人が元気に挨拶をした。

「こんにちは。うちのお姉ちゃんと、姪っ子の美帆」

「美帆ちゃん！　遊ぼう！」

小さい子が美帆を引っ張っていってしまう。屈託のない子だ。

「あっ、こら！　すみません、あそこにいるのがお父さんです」

そう言って、姉らしき女の子は小さい子供たちを追いかけていった。

お父さん――の姿は見えないが、車の中かな？

すでにコンロには炭が入っており、ダッチオーブンも載せられていた。

ここのエリアは少し空いていたので、広々としていて、風もよく通った。

「ぶたぶたさん、こんにちは。お姉ちゃんと美帆連れてきました」

あっ、いた！　車のバックスペースにある大きなクーラーボックスの上に乗って、炭を動かしていた。トングで。鍋つかみのようにしか見えない……。

「こんにちは。もう少ししたらバーベキューするから、座っててください。折りたたみ椅子は適当に出してね」

他に男性はいないんだろうか……。

「おにぎりは一応たくさん持ってきたんですけど」

寿美子が巨大なタッパーを差し出す。

「ほんと？　よかった、うちは今日少しごはんが足りなかったからどうしようかと思ってた。一応小麦粉は持ってきたんだけど」

「あー、この間のチャパティおいしかったですー！」

「モドキだよ、モドキ」

「でも自分でやったらあんなにふくらみませんでしたよ」

「たまたまだよ」

聞いているだけでおいしそう……。

子供たちが帰ってきた。もう顔が汚れているけれど、何をしたのだろう。

「スペアリブたくさんあるから、食べてね」

ぬいぐるみの声に、美帆は顔を輝かせる。

「こんにちは！」

「はい、こんにちは。お肉は好き？」

「だーい好き」

「じゃあ、遠慮しないで食べてね」

「ありがとう！」

この間は何もお礼が言えなかった、と言って美帆は残念がっていた。今日は早めに言っておこうと思ったのだろう。

「お父さん、美帆ちゃんと遊んできていい？」

姉妹の妹の方がぬいぐるみに言う。お父さん⁉

いや、うっすらそうじゃないかな、と思っていたけど……。お母さんは……お母さんのことは、考えたくない。

「いいよ。遠くに行かないで、見えるところにいなさい」

「はーい」

「お父さん、手伝う？　それともあの子たち？」

「見てあげてて」

姉も子供たちについていく。「あけび取ろう」とか言っている。そんなもの、ここらにあるのだろうか……？

「じゃあ、あたしがお手伝いを——」

寿美子が腕まくりをするが、

「すう、あんた料理できるの⁉」

「——あ」

「うーん、寿美子さんは野菜を切ってください。こないだみたいにヤケドしたら大変ですから」

「ヤケドしたの⁉」

「指をね……もう治ったけど」

「包丁で指は切らないの？」

「ちょっと慣れたの！」

そんなに威張らなくても。

「お姉ちゃんは座ってて！」

どうしようかと思ったが、

「どうぞ、ゆっくり待っててください。飲み物はいかがですか？」

「あー、えーと……」

本当はビールを飲みたいが、帰り道に運転しなくちゃならないことになると困るので、

「ノンアルコールのものなら、何でも……」

「じゃあ、炭酸水はどうですか？」

「あ、ありがとうございます」

最近はただの炭酸水がおいしい。スキッとして後味が残らないのがいい。

「ぶたぶたさんは？」

「じゃあ、僕も炭酸水で」

そういえば、この間もお茶を飲んでいた……。ショートブレッドが消えていくのと同じくらい珍しいものを見た気分だった。

炭酸水で喉を潤してから、寿美子の不器用ぶりにあきれて包丁を取り上げ、野菜を切

る。

「じゃあ、そろそろ焼きましょうか」

呼んだわけでもないのに、子供たちが帰ってくる。

ぶたぶたは、温めておいたダッチオーブンにスペアリブを入れて、ふたを閉めた。おいしそうにタレが染み込んでいる。

「子供ってどれくらい食べるかわからないから、量が難しいよね。でも、女の子ばっかりだからなあ」

男子中学生とかがいると大変なことになるらしい。

「あとは肉と野菜を焼くくらいですよ。タレだけ作りました」

網の上に野菜と肉を並べる。香ばしい香りに、お腹がぐーっと鳴った。

「野菜を普通に肉と一緒に食べるのもいいんですけど、別にして――」

ぶたぶたは焼けた野菜に塩とコショウとタイム、パセリとオリーブオイルをかけ、さっと混ぜ合わせる。

「なんちゃってラタトゥイユです」

おお、シンプルな味！　肉ばかり食べたあとだと、口の中がさっぱりする。お酒にも合いそう。

「味を染みこませるなら野菜の皮をむいたりするんですけど、めんどくさいんでそのままです。外ですからね、極力すぐ食べられるようにしないと」

おにぎりがどんどんなくなっていく。おかずだけ料理するって、お弁当感覚もあって楽しい。

スペアリブも仕上がり、さっそくかぶりつく。いくつかある特製ソースをつけていただくと、味が変わって別のものを食べているみたいだった。

「いいスペアリブが手に入ると、外で食べたくなるんです。時間かかるから、台所にこもるのが淋しいなあって」

その気持ち、ちょっとわかる。一人で台所にいなくちゃいけないのって、けっこうつまらないものだ。そろそろ美帆に料理を教えてあげよう。ちゃんと手伝ってくれるといいんだけど。

山ほどの肉と野菜、おにぎりやら結局チャパティ（スペアリブの肉汁で適当に作った濃厚スープをつけて）も食べた。

彩子が持ってきたリンゴも、きれいになくなってしまった。ぶたぶたの他は全部女子で、子供もいるのに、すごい食欲だ。

「でも、実はデザートもあるんです」

「何？」

美帆が顔を輝かす。でも、あけびは取れなかったはずじゃ？

ぶたぶたはクラッカーとチョコを取り出して言った。

「じゃーん。スモアです」

「スモア？」

美帆と彩子の声がそろう。

「マシュマロを焼いて、チョコと一緒にクラッカーではさむお菓子です」

うわーっ。ショートブレッドといい勝負のお菓子だ。

女の子たちの目が輝く。彩子も寿美子も、いい歳だけれどやっぱりこういう甘いものには弱い。

「あーもう、今日だけでどれだけ太ったか」

寿美子がヤケクソ気味になりながらかぶりつき、今度は舌をヤケドした。

あんなに食べたのに、まだ入るってどういうことだろうか。自分もぶたぶたも含めて。

「男ばっかりだと評判悪いけど、女の子には大受けのデザートですよ」

またそんなこと言って！　かわいい自分を最大限に利用しているような気がするっ。

「間宮さんは甘いものあまり好きじゃないみたいだけど、雪音ちゃんはくやしがるだろうねえ」

「雪音ちゃん？」

「あー、今日来るはずだった間宮さんと雪音ちゃんは、『ぬいぐるみおとまり会』のスタッフなの」

なるほど。図書館の人か。

「間宮さんは急にお父さんの代わりに結婚式に出なくちゃならなくなって、雪音ちゃんは水疱瘡《みずぼうそう》」

「ええっ、大人の水疱瘡って大変じゃない⁉」

「雪音ちゃん、中学生だから」

中学生？

「図書館の人じゃないの？」

「間宮さんもそうだよ。中学生じゃないけど」

「……いくつなの？」

「いくつだっけ、ぶたぶたさん？」

マシュマロを炭火であぶりながら、ぶたぶたは思い出そうとするように斜め上を向く。

「三十代半ばくらいだと思ったけど」

「もしかして……男の人？」

「そう」

何だか変わった組み合わせだ……。

5

オートキャンプ場は、ほとんどのものが借りられるので便利だ。

片づけもあっという間に終わり、それぞれの車で帰ることになる。途中までは一緒だ。

「先導しますよ」

自分たちは同じ県内なのに、都民のぶたぶたの方がここら辺にくわしい。

カーナビがあるから迷うことはないのだが、慣れているだけあって裏道をすいすい抜けていける。

　そろそろ高速に乗ろうか、と思った時、美帆の異変に気づいた。

「美帆？　どうしたの？」

　いつの間にか黙りこみ、荒い息をしていた。路肩に車を停める。

「熱あるよ。美帆、苦しい？」

　寿美子が額に手をかざす。

「えっ、ちょっと高い……。まさか水疱瘡？」

「去年かかったから、違うと思うけど。それに、雪音ちゃんって子と会ってないんだし」

「何かアレルギーあったっけ？」

「この子は今のところ何もないの」

「病院を探さなくちゃ。お姉ちゃん、あたしのケータイでぶたぶたさんにメールして」

　寿美子がカーナビで調べている間、ぶたぶたにメールを打つ。

「美帆が熱を出したので、どこかで病院を探してから帰ります」

すぐに電話がかかってきた。

「この近くに知ってる病院があるから、そこに行きましょう」

ぶたぶたの声は優しく柔らかく、あわてていた彩子の気持ちも少し落ち着く。

「ついてきてください」

だいぶ離れていたのに引き返してくれて、そのまま先導してくれた。

着いたのは開業の小児科だったが、日曜日なので閉まっている。でも、開けてくれた。

「ぶたぶたさんの頼みじゃね」

どういうつながりかはわからないが、美帆を診《み》てもらえるなら何でもいい。


しばらくして、診察を終えた医師が言った。

「ウルシにかぶれましたね」

「え、それで熱が出たんですか？」

「いえ、そういう症状はあまり出ないし、かぶれ自体は大したことないんです」

「水疱瘡じゃないんですね？」

「それはないです」

「あの……ストレスがあると熱を出しますけど……」

「あー、そうかもしれませんね。今点滴してますから、あとでかかりつけのお医者さんにも診てもらってください」

どうやら三人であけびを探しに行った時、美帆がウルシに触ってしまったらしい。娘さんたちはぶたぶたに叱られていた。

かわいい顔のままなのに（だからこそか？）、怒ると怖いのがよくわかった。

「でも、そこにウルシがあるなんて誰も知らなかったんでしょう？　だったらしょうがないです。熱はすぐ下がりますから」

「でも、ウルシはかぶれるっていうのと、どんな葉なのかっていうのは知ってたのに――」

「遊んでて楽しかったんですよ。もう怒らないであげて」

彩子がそう言うと、ぶたぶたは叱るのをやめてくれた。

でも、娘さんたちはシュンとなってしまった。

「ごめんなさい、せっかく楽しかったのに、こんなことになって」

「ごめんなさい……」

二人とも泣きそうだ。

「今度から気をつけるとしてもね――ちゃんと美帆ちゃんに謝りなさい」

二人に謝られた美帆は、

「大丈夫だよ。今度ウルシがどんな葉っぱか教えて……」

と言って、眠ってしまった。

ぶたぶたとその娘さんたちは、先に帰ってもらった。自分たちは、カーナビがあるから何とか帰れるはず。

美帆の点滴が終わるまで、寿美子と二人で待つ。

「お姉ちゃん、やっと普通になった」

「何が？」

「ぶたぶたさんに対して、ツンケンしてたでしょう？」

「えー、別にしてないよ」

してたかもしれないが、仕方ないではないか。

「なんかすごくぶたぶたさんに敵意を持ってるように思えたよ」

「敵意ねえ……。敵意というより──嫉妬かな？」

「嫉妬⁉」

大きな声を上げてしまい、あわてて口をふさぐ寿美子。

「何に嫉妬？」

「容易《たやす》く美帆の心をつかむから」

そう言うと、寿美子はしばらく絶句したあと、こう一気に言った。

「だってぶたぶたさんだもん。そりゃしょうがないよ」

ああまあ、それはわかっていた。敵意を持っている彩子にすら好意を抱かせる存在。

それがぶたぶた。

「でも、お姉ちゃんだって美帆のお母さんなんだよ」

「当たり前だよ」

「お母さんは一人しかいないんだから」

それも当たり前。

「もっと自信持ちなよー」

「……そんな自信なさげな顔してた？」

「してたしてた」

「一人しかいないからって、お母さんのこと好きかどうかなんてわかんないじゃない」

彩子から見ると、寿美子の方が好きそう、といつも思う。

「バカじゃないの？　美帆はお母さんのこと一番好きだよ」

なんかちょっと……胸が熱くなった。

「そうかな……。いまいちな母だって自分では思うけど」

「いまいちだから嫌いになるとかじゃないよ、多分。どんなにひどい親だって、子供は好きみたいだし」

「そうかな……」

ん？　それってはげましになってる？


そのあと、寿美子はコンビニに飲み物を買いに行った。

一人で美帆の枕元にいると、涙が出そうになる。

自分はぬいぐるみのぶたぶたを「うろんな客」扱いしたけれども——実のところ、それは美帆自身だとわかっていたのだ。

どうにも不可解で、なじめない存在——愛しているけれどわからない存在。母親なのに、そのまま受け入れられない未熟さ。

猫だったら、本当に猫かわいがりしていればいいし、こっちがどうであれ猫は猫のまだ。けれど、人間にそれはできない。でも、違いすぎる存在と折り合うのは難しい。折り合うとか言ってる時点で失格だな、と常に考えてしまう。

みんなどうやって母をやっているのか。謎だ。こんなの考える方が悪いのか。

夫に言った方がいいのだろうか。

それも怖い。妻としてもあまり自信がないから。

小さい頃から成績がよく、長女らしくしっかりしていた彩子は、自信が持てないことを隠しながら生きてきた。

今更、言えない。

カーナビのおかげか、時間帯のせいか、帰りは渋滞につかまらなかった。

そろそろ家に着く。美帆は、ジュニアシートでずっとうとうとしているようだった。

「ママ……」

起きたのか。

「何?」

声が小さかったので、彩子もささやき声で返事をする。寿美子は気づいていない。

「ママ……ごめんなさい……」

「ママこそごめんね」

かゆいところをこっそり掻《か》いているのに気づかなかったのだから。

「ママ……すごく楽しそうだったから……かゆいって言えなくて……」

……こんなふうに気をつかわれていたのをわからなかったなんて……。

この子はちゃんといい子になろうとしていた。あたしだって、いい母親になろうとしていた。

なのに、それが嚙み合わないのはどうしてなんだろう?

6

美帆が学校に行っている間、コンコは家に置いてある。

机の上に座っているコンコを見て、彩子はため息をついた。

美帆はいったい、コンコに何を話しているのだろう。母に言えないことを言っているのか。

「ママは、コンコとおしゃべりしないね」

と言われたことを思い出す。

机に座って、コンコを見つめる。小さい時、お人形遊びも一人ではできなかったので、大人なのに話しかけるという高度なことはさらにできそうにない。

ダメだ——と思った時、コンコの着ている服に気づく。

今コンコは、夏用のワンピースを着ているのだが、その肩紐のところにボロボロになった紙がはさんである。

いや、これは結んだつもりだったのだろうか。

前に洗濯した時にはついていなかったので、そのあとのものだ。何のためのものだろう。

ちょっと触ってみると、すぐにほどけて下に落ちてしまう。

拾うと、ちょっと文字が見えた。「ママへ」と書かれているような……。

広げて見てみると、やはり彩子宛の手紙だった。

ママへ。

コンコとはなしてくれてありがとう。

てがみもよんでくれてありがとう。

みほは、ママにいわなくちゃとおもってたことがあります。

さいしょにママがぬいぐるみおとまりかいのことをきいたとき「いかない」っていったのは、みほがさびしかったからです。

コンコとみほはともだちだけど、みほはコンコのママなの。りょうほうなの。

でもみほはコンコがいないとねれないから、「いかない」っていいました。

そしたらすうちゃんに、「ひとりでねれなかったら、ママみたいなママになれないよ」

といわれました。

ママ、みほはママみたいなママになりたいから、コンコをおとまりさせてあげることにしました。

いままでだまっていてごめんなさい。

ママ、だいすきです。

美帆は、手紙をおとまり会申し込み直後に書いたらしい。日付が記してあった。

自分で考えて、こういうことをしたのだろう。今まで気づかなくてごめん。

「行かない」と言ったのは、彩子が不注意に何か言ったことを美帆が気にしたせいでは、と気を揉《も》んでいた。そうに決まっているとばかり。――違ったのか。

美帆が自分にとっての「うろんな客」なら、美帆にとってもそうかもしれない、と思ったこともあったのだが、それも違うらしい。

全然逆だったことに、今度は申し訳なさがこみあげる。

手紙を持って、食卓に向かい、メモ用紙に気持ちを綴った。

みほへ
ママです。てがみよみました。ありがとう。

ママはみほとうまくはなせないことをずっときにしていました。

みほがまだ7さいのように、ママもママになって7ねんしかたっていません。7ねんかかって、こうしててがみではなしをすればいいんだとわかりました。

みほといっしょに、もっといっぱいわらいたいから、てがみのおへんじをください。

ママもみほがだいすきです。


彩子は、そのメモ用紙を細く折って、コンコの肩紐に結んだ。


こうして美帆と彩子のミニ文通は始まった。

手紙を書くことにすっかりハマった美帆は、父親にも寿美子や祖父母にも、そしてなぜかぶたぶたにも手紙を書くようになった。

ぶたぶたに最初に送った手紙は、こういうものだった。

ぶたぶたさんへ

こんにちは。このあいだはごちそうさまでした。またスモアたべたいです。

ぶたぶたさんにしつもんがあります。コンコはいくつになったらぶたぶたさんのようになりますか？

どうも妖怪についての本を読んだらしく、中でも化け猫がお気に入りになったようなのだ。

彼は化け猫よりもすごいと思うけど……。

今日もそういう本ばかりを返すために、図書館を訪れた。

すると何と！　ぶたぶたがいるではないか！

「どうしたの～、ぶたぶたさん！」

美帆は大喜びだ。

「近くまで来たから寄ったんです。そしたら、三宅さんが忙しいっていうから、今日は雪音ちゃんと間宮さんの助手をやることになりました」

「じゃあ今日は――」

おとまり会の撮影の夜なのか。

うんうん、と大人はうなずく。

「あー、いつかのお姉ちゃん！」

カメラマンの脇に立っているおかっぱの女の子がびっくりして振り向く。あのセーラー服は、自分も通った中学のものだ。

「あ、コンコちゃんの女の子」

「会ったことあるの？」

「あるよ。ここで絵本読んでて一緒に話したの」

何だか不思議なつながりを感じずにはいられない。

「麦谷雪音ちゃんです。こちらは、カメラ担当の間宮さん」

間宮は、ぶたぶたが言ったとおり、三十代半ばくらいの男性だった。運動選手のようにガタイがいい。

これに寿美子を加えたメンバーが「ぬいぐるみおとまり会」のスタッフなのか。以前思ったとおり、変わった組み合わせだが、なごやかな雰囲気が妙にしっくり来ている。

「ところで美帆ちゃん」

「なーに？」

　ぶたぶたの問いかけに、美帆はかわいくお返事をした。

「お手紙、ありがとう。コンコちゃんのハガキに書いてくれたね」

「うん」

　大人だったらとっておこうとするだろうが、子供なので躊躇なく使う。はっきり言って、もうない。

けれど、母にも父にも一枚ずつくれたので、それはずっととっておくつもりだ。

「で、質問だけど――」

「あああーっ、お手紙でして！」

　とぶたぶたの口を押さえようとしたら、鼻が盛大につぶれ、ぶたぶた自身も後ろに倒れてしまった。

「だ、大丈夫ですか!?」

「平気ですけど……。わかりました。手紙を書くよ、美帆ちゃん」

「ありがとうー」

ニコニコな美帆の顔を見られてうれしい。

こんな顔にしてくれるんだから、うろんなぬいぐるみでも許してやるか――と思ったりするのだ。

エピローグ

その日は、ぬいぐるみ〝ケロンタ〟の初めてのお泊まりの夜だった。

夕方にケロンタを預けた男の子は、ケロンタのことが気になって気になって仕方ない。

ふとんに入り、もう真夜中だと思った頃、ついに家を抜け出した。めざすは図書館だ。

パジャマの上にコートを着て、暗い町を駆けていく。途中でおまわりさんに見つからないように、誰か知っている人に会わないように気をつけた。

夜の図書館の中は、明るかった。当然だ。中でケロンタが本を読んでいるから。

どこか入れる場所はないか、と探すと、横のドアから人が出てきた。セーラー服の女の人だ。

女の人の姿が消えるのを待ってから、そのドアから中に入った。

でも、入るとどこだかまったくわからなくなった。どこかのビルに間違って入ってしまったかと思った。大人が時折通るし、隠れるのが大変だった。

けれど、何とかいつも行っている図書館の中に入ることができた。

絵本の本棚に行って、好きなのを一冊選んだ。疲れたら、これを読みながら休むんだ。

床が絨毯《じゅうたん》なので、足音なく歩ける。それでもそーっと移動していると、奥の方の本棚で、カシャカシャ音がする。ケロンタの写真を撮っているんだ。

床に這いつくばるようにして、やっと近づくことができた。

ケロンタは本棚にもたれかかってポーズをとっていた。足の長いカエルのぬいぐるみだから、何だかイケメン風だ。

持っている本は大人が読む小さな本だったので、あとでケロンタに内容を教えてもらおう。

撮っているのは、大人の男の人だった。カメラマンさんだ。すごいなー。

「じゃあ、ポーズ変えましょうか」

あっ、なんかかっこいい。ケロンタ、いいぞ！

次の瞬間、彼はとても驚くことになる。

カエルのぬいぐるみであるケロンタに近づいたのは、ぶたのぬいぐるみだったからだ。

ケロンタとほとんど変わらない身長のその桜色のぶたは、ケロンタのポーズを変えるために糸と白いテープを出して、素早く手を動かした。

すると今度は、ケロンタは床に座り込んで本を読んでいるポーズになった。

あのぶたのぬいぐるみは、どうして動いているんだろう。動物みたいにちゃんと動いている。

もしかして、ここの図書館にいると、いつの間にか動けるようになるんだろうか……。

あまり熱心に見ていたので、持っていた絵本を床に落としてしまう。

大きな音ではなかったが、静かなので気づかれてしまった。大人の男の人とぶたのぬいぐるみが振り返る。

ぬいぐるみの目は、刺繍《ししゅう》のケロンタとは違いビーズだった。ちょこんとしているのがかわいい。

でも、これってもしかして……ぬいぐるみが動けるようになるのと反対に、人間はぬいぐるみにされてしまうんじゃ……。

固まっている男の子に、ぶたのぬいぐるみは口のない顔で、にっこりと笑った。

あとがき

お読みいただき、ありがとうございます。

今回のあとがき、書くことといっぱいあってうれしい。いつも悩むのですよね……。

でも、書いているのが〆切直前なので、それは苦しい。けど、これもいつものこと。

どっちにしろ悩むのか……。


さて、今回は図書館が舞台です。

ぶたぶたは、元々読書好きという設定です。何でも読みますが、特にホラー小説がお気に入りで、好きな作家はスティーヴン・キング——というのは、今までのシリーズを読んでいる方にはおなじみのことだと思います。

今回ホラーはありませんでしたが、『ぶたぶた図書館』に登場した本はほとんど彼の愛読書と言っていいでしょう。

本のタイトル、あるいは作家名しか出て来なかったのもありますので、登場した本を解説しておきます。ぶたぶたの人となり（？）を作った読書体験を想像するのも楽しいかもしれません（登場順に紹介してあります）。

レイ・ブラッドベリ

いきなり作家名だけだった……。

今年亡くなったSF、幻想文学作家の大家です。

最初の出会いは、萩尾望都《はぎおもと》さんのマンガ（『ウは宇宙船のウ』）だったな……。『みずうみ』とか大好きだった。私くらいの年代の人は、萩尾さんを通じてブラッドベリに出会った人がとても多いはず。

『火星年代記』『華氏451度』（いずれもハヤカワ文庫）なども名作ですが、短編の名手なので、『十月はたそがれの国』（創元推理文庫）がおすすめです。

中学生くらいの頃にブラッドベリの瑞々《みずみず》しい物語に触れられて、幸せだった。

『こんとあき』 林明子《はやしあきこ》（福音館書店）

ストーリーは本文で紹介したとおりです。林明子さんの絵は写実的なので、ぬいぐるみのこんのリアルな質感と、あきの子供らしい表情が素晴らしい。

ぜひ手にとって、こんがしっぽをはさまれたシーンだけでも見てほしいです。これはぶたぶたでは無理だな。

『ぐりとぐら』 中川李枝子《なかがわりえこ》／作、山脇百合子《やまわきゆりこ》／絵（福音館書店）

『ぶたぶたカフェ』にも出てきた、説明もいらないくらい有名な絵本。

食いしん坊な女の子ならば、ぐりとぐらのカステラに並々ならぬ執着を持つはずです。

『100万回生きたねこ』 佐野洋子《さのようこ》（講談社）

さらに有名な絵本の名作ですが、私は大人になってから読みました。読み終わった時、涙が止まらなくて困った……（本屋さんで立ち読みしていたので。もちろん買いましたが）。

子供にはもちろん、大人にも読んでほしい作品です。私はたまに読み返して、最後で泣くたび、「よし、まだ大丈夫」と思う。私にとっての感性のものさしです。

『ビロードのうさぎ』マージェリィ・W・ビアンコ／作、酒井駒子《さかいこまこ》／絵（ブロンズ新社）

作者が外国人なので、絵は他の人が描いたものもありますが、私は酒井駒子さんのを読みました。

「ほんもの」って何？　おもちゃにとって――ぬいぐるみにとっての「ほんもの」って？

ぶたぶたにも問うてみたい魔法を扱った切なくも温かい物語です。

『ゆうちゃんのみきさーしゃ』村上祐子《むらかみゆうこ》／作、片山健《かたやまけん》／絵（福音館書店）

これもまた食いしん坊さんにはたまらない絵本です。お菓子の缶でできたミキサー車が、森でもらった材料をぐるぐるかき混ぜてできたものは……？

小さい頃、これをくり返し読んでいた記憶があります。タイトルは忘れても、できあがったおいしいものが何かはしっかり憶えていた。こういう記憶は忘れないのです。

『ぺろぺろん』筒井敬介《つついけいすけ》／作、東君平《ひがしくんぺい》／絵（あかね書房）

これも小さい頃大好きだった絵本です。

私、ヘビが嫌いなんですが、ヘビが出てくる絵本やぬいぐるみとかは好きだったのです。あとこれは、タイトルがいい。タイトルセンスのない私からすると、うらやましいくらい。

『ちびへび』『てつがくのライオン』（童話屋『くどうなおこ詩集』より）

『ともだちは海のにおい』『ともだちは緑のにおい』工藤直子／作、長新太《ちょうしんた》／絵（理論社）

工藤直子さんは大好きな詩人の一人です。詩集をパラパラとめくって、その時の気分に合った詩を読む。工藤さんのかわいらしい詩は、そうやって見つけて読むと、心により響きます。

『いやいやえん』中川李枝子／作、大村百合子／絵（福音館書店）

小さい頃大好きで、くり返し読んだ記憶はあるのですが、実はほとんど忘れているのでした……。大好きだったけど内容を忘れてしまったのは、食べ物の要素が少ないからと推測。ごめんなさい、読み返す時間がありませんでした……。

『トマシーナ』ポール・ギャリコ（創元推理文庫）

ポール・ギャリコは私の一番好きな作家です。この作品を初めて知ったのは、高校生の頃。『ジェニィ』と『スノーグース』（ともに新潮文庫）『七つの人形の恋物語』（角川文庫）などとともに何度も読んで、私の物語の根幹を作ったと言っても過言ではない作家です。

ギャリコは猫好きで、『猫語の教科書』（ちくま文庫）なんて作品もあるくらい。猫文学の代表として『トマシーナ』と『ジェニィ』はよくあげられています。

『御家人斬九郎』柴田錬三郎《しばたれんざぶろう》（新潮文庫）

原作もいいんですが、おすすめは渡辺謙《わたなべけん》主演の時代劇です。原作のエピソードを多く使っている第一シーズンだけでもCS等で見てもらいたい。今は亡き岸田今日子《きしだきょうこ》（斬九郎の母役）とのやりとりや、若村麻由美《わかむらまゆみ》の粋で凜々《りり》しい芸者ぶりが楽しいです。

『**月長石**』ウィルキー・コリンズ（創元推理文庫）

ごめんなさい、読んだことないのです。でもこの間、同じ作者の別の作品（これこそ岩波文庫）を買ってきました。しかし、それはもっとぶ厚い（しかも上下巻）……。読むのも大変だけど、これを「書いた」と考えると、それだけで私はめまいがしそうです……。

『**うろんな客**』エドワード・ゴーリー（河出書房新社）

柴田元幸《しばたもとゆき》さんによる短歌調の訳文が特徴的な大人の絵本です。ある嵐の夜、大きなお屋敷に突然やってきた変な生き物。それは屋敷に居座り、やりたい放題。そして——というお話。

私は、どうも変な生き物が表紙にいる絵本をつい手にとってしまう、というクセがあるなあ、と読み返していて思いました。

簡単に、と思いながらも、長くなりました。今でも絵本は全部新品で読めるというのに、ちょっと感動。そんなにどマイナーなものはないですけど……。

ブログでネタバレあとがきをやる余裕はあるんだろうか……。なくても何か書きますが。

ツイッター等も、ブログ（http://yazakiarimi.cocolog-nifty.com/）からどうぞ。

お世話になった方々、いつもありがとうございます。

今度こそ仕事の効率を上げようと焦っているうちに、多分春が来る。

それまで、読みたい本を抱えて冬眠したいです……無理だけど。

それでは、また。

光文社文庫

文庫書下ろし
ぶたぶた図書館《としよかん》
著者　矢《や》崎《ざき》存《あり》美《み》

2012年12月20日　初版1刷発行
2020年12月25日　3刷発行

発行者　鈴木広和
印刷　萩原印刷
製本　ナショナル製本

発行所　株式会社　光文社
〒112-8011　東京都文京区音羽1-16-6
電話（03）5395-8149　編集部
8116　書籍販売部
8125　業務部

ISBN978-4-334-76501-9　Printed in Japan

組版　萩原印刷